NÃO ESTÁ MAIS AQUI QUEM FALOU

NOEMI JAFFE

Não está mais aqui quem falou

Companhia Das Letras

Copyright © 2017 by Noemi Jaffe

Grafia atualizada segundo o Acordo Ortográfico da Língua Portuguesa de 1990, que entrou em vigor no Brasil em 2009.

Capa
Claudia Espínola de Carvalho

Foto de capa
Shutterstock

Preparação
Silvia Massimini Felix

Revisão
Jane Pessoa
Angela das Neves

Os personagens e as situações desta obra são reais apenas no universo da ficção; não se referem a pessoas e fatos concretos, e não emitem opinião sobre eles.

Dados Internacionais de Catalogação na Publicação (CIP)
(Câmara Brasileira do Livro, SP, Brasil)

Jaffe, Noemi
    Não está mais aqui quem falou / Noemi Jaffe. — 1ª ed. — São Paulo : Companhia das Letras, 2017.

    ISBN 978-85-359-2948-5

    1. Crônicas brasileiras I. Título.

17-05083   CDD-869.8

Índice para catálogo sistemático:
1. Crônicas : Literatura brasileira   869.8

[2017]
Todos os direitos desta edição reservados à
EDITORA SCHWARCZ S.A.
Rua Bandeira Paulista, 702, cj. 32
04532-002 — São Paulo — SP
Telefone: (11) 3707-3500
www.companhiadasletras.com.br
www.blogdacompanhia.com.br
facebook.com/companhiadasletras
instagram.com/companhiadasletras
twitter.com/cialetras

às mulheres que, como Nadezhda Mandelstam, memorizaram os poemas e as cartas de seus companheiros exilados, para guardá-los do esquecimento.

A primeira epígrafe deste livro seria "O que poderia ter sido também é um fato". Mas fiquei com dúvidas. Em primeiro lugar, porque sou a autora. O autor do livro pode ser o autor da epígrafe? Em segundo lugar, porque hesitei sobre a palavra "fato", que me soa inadequada. Pensei em dizer: "O que poderia ter sido também foi". "Fato" é mais forte, mas o problema é que é uma palavra — justamente — factual demais. Entretanto, a segunda opção não transmite com a devida ênfase a radicalidade da ideia.
Decidi então, sem o escrúpulo de ser a autora e sem medo da palavra "fato", por:

O que poderia ter sido também é um fato.

A segunda epígrafe também me deixou hesitante. Li, em um ensaio de Jacques Derrida intitulado "Donner la Mort", uma reflexão sobre a beleza de se viver experiências "indefinidamente pela primeira vez". Gostei mais da formulação do que necessariamente da ideia e gostaria de escrever, como epígrafe, somente isto: "indefinidamente pela primeira vez". Mas, relendo, a frase fica vaga demais, não remete à noção de viver tudo de forma inaugural, e, ademais, uma epígrafe de Jacques Derrida me pareceu pedante, inadequada para um livro como este.
Decidi então manter somente a frase, ainda que vaga:

Indefinidamente pela primeira vez.

*A terceira epígrafe, por fim, novamente me confundiu. Há muitos anos admiro a frase "O dever do cavalo é botar um ovo" que, por alguma razão desconhecida, sempre atribuí a Gertrude Stein. Agora, no momento de usá-la como epígrafe, fui pesquisar onde a autora teria dito isso, virei e revirei e descobri que não. Ela não disse essa frase. Seria mais uma frase de minha autoria que eu teria — compreensivelmente — atribuído a ela? Não penso ser eu a autora, pois não me lembro de tê-la criado e não acho que ela combine com meu estilo. Mas não consigo descobrir seu autor. Pode ser que seja mesmo eu, pode ser que não.
Mas decidi mantê-la:*

> *O dever do cavalo é botar um ovo.*

Sumário

"Tudo está nas palavras", 11
Diante do Senhor, 13
Com gás ou sem, 16
eu te amo, 20
"qual é o custo benefício?", 23
Data, dom e dose, 24
Movimento hipotético de desorientação, 27
L de lá, 29
Curvas, 32
Isso, 36
"E, dirigindo-se a Adão, falou", 42
Venha morrer comigo, 46
Uma coisa, 49
Como o de um menino, 53
Concluímos coisas, 57
Velas, 59
Não espere ser caçado, 63
"tinha é que morrer mais", 65

Eles, 66
Salva-vidas, 70
Migalhas, 75
Veja bem, 79
Sonhos, 82
Sobre meu ombro, 88
<3 <3 <3 , 92
Faixa, 95
Um dicionário, 97
O que vou fazer eu?, 100
Uma lembrança, 105
Como uma gaivota, 108
"dentro, fora, dentro, fora", 115
A teia, 116
"você é um horroroso de um nojento", 118
Uma espécie de bênção, 120
Uma coberta, uma manta, 125
O beijo, 128
"recuar também pode ser uma forma de avançar", 132
Diálogo, 133
Uma agulha, 137
"Dentre as coisas que eu não sei o que são", 142

Nota, 143

Tudo está nas palavras, inclusive eu e você.

Diante do Senhor

Quando chegaram ao lugar que Deus lhes havia indicado, construiu um altar e sobre ele arrumou a lenha. Amarrou seu filho e o deitou no altar, em cima do feixe.
Então estendeu a mão e pegou a faca para sacrificar Isaac.
Mas o Anjo do Senhor o chamou do céu: "Abraão! Abraão!". "Eis-me aqui", respondeu ele, interrompendo o gesto calculado.
"Não toques no menino", disse o Anjo. "Não lhe faças nada. Agora sabemos que temes a Deus, porque não lhe negaste teu filho, teu único filho."
Abraão ergueu os olhos e viu um carneiro preso pelos chifres num arbusto. Foi até o animal assustado e usou a corda para amarrá-lo sobre um monte de lenha que sobrara. Mas não o sacrificou no lugar de Isaac. Em vez disso, com ainda maior firmeza, aproximou a faca do pescoço do filho, para cortá-lo.
E o Anjo, diante desse gesto imprevisto e desobediente, gritou: "Abraão, que fazes? Não me ouviste ordenar que

não faças nada a Isaac? Minhas ordens provêm do próprio Senhor. Não viste o carneiro que prendi àquele arbusto para que o oferecesses em holocausto no lugar do teu filho? Agora já sei, e já te disse, que temes a Deus. Estás livre".

E Abraão sorriu, mas era um riso de escárnio. "Livre", ele pensou. "Livre para não matar meu filho em sacrifício. Pois mais livre me sinto se mantiver minha promessa, mesmo ignorante do que e por que prometia, e se, mesmo com a dor pelo resto de minha vida e da vida de minha esposa Sarah, puder matá-lo."

E, com a faca encostada à garganta de Isaac, começou a fazer um corte, causando uma súbita enxurrada de sangue, que choveu sobre o carneiro e o altar, manchou o rosto de Abraão, escorreu sobre o próprio Anjo e chegou até o arbusto. Incrédulo, o Anjo tentou limpar-se, esfregando insistentemente sua túnica quase invisível contra o solo, molhando-a no regato, pois não a queria manchada quando estivesse diante do Senhor.

Sim, o Senhor, em sua onisciência, decerto o culparia pelo feito de Abraão, pois diria que o Anjo não tinha sido suficientemente incisivo, que não era admissível que um dos seus mais preciosos seguidores, aquele que inventaria o monoteísmo, começasse a história dos milênios vindouros matando seu próprio filho. Como esconder do Senhor o fato consumado?

E Abraão, diante da cabeça inerme de Isaac e do sangue que ainda a intervalos esguichava, deitou-se sobre o solo e lançou imprecações ao senhor do holocausto. Arrependeu-se de havê-lo inventado e, num impulso, novamente de pé, virou sua faca ainda para o carneiro, que se contorcia para todos os lados, tentando escapar da corda que o prendia. Quis cortá-lo também. Quis cortar a todos, pô-los todos em interminável sacrifício ao Deus dos testes e das provas, ao Deus que quer o temor.

Mas Isaac, aquele cujo nome veio do sorriso que Sarah e Abraão esboçaram ao vê-lo nascido, Isaac, miraculosamente, ainda não morrera e, em meio ao próprio sangue, chamou pelo pai com voz embargada: "Pai, já chega. Faça-me um curativo. Tire-me desse altar. Vamos voltar para casa".

E assim foi feito. Isaac perdoou o pai, que, por sua vez, não pôde perdoar Deus. Deus tampouco perdoou o Anjo, que foi expulso das suas hostes, vagando agora pelo mundo em busca de quem o entenda. Com ele, flutuam inúmeros anjos que padecem de mal semelhante. Deus, enquanto isso, contabiliza holocaustos.

Com gás ou sem

quantos olhos cabem numa mulher? quantos tratores? grades, tímpanos? quantos modos, verdades, mentiras, espelhos. fraldas, sábados, elevadores, garagens, enciclopédias, moedas, cus, porradas, diamantes, lábios? quantas mulheres têm nove olhos? quantas, três cervicais? por que aquela mulher está morta? por que aquela ainda não morreu? onde está a mulher que não sabe para onde vai? por que foi uma mulher que mordeu a maçã? onde está a mulher de lot, sua memória, sua estátua, sua casa, as vizinhas? onde raquel, sara, a que pariu com noventa anos, agar, a que foi expulsa para o deserto? onde está o cabelo de margarete, de sulamita? onde a mão de dalila, a que traiu sansão? onde noemi, a que acolheu sua nora gentia?
qual mulher é a mãe? a mãe sabe alguma coisa? por que a mãe carrega o filho na barriga, no colo, no berço, no peito, nas costas, no carro, na bicicleta, no ônibus, na fila, no banco, no trabalho, no parque? o que ela come? a mãe é bonita? ela é bonita mesmo quando é feia? todas as mães

ficam feias? o que é ser feia? por que os peitos caem, a barriga fica mole, a bunda aumenta, o rosto enruga, a pele vinca, as estrias esticam, as pernas incham, as pálpebras descem, a cintura engrossa, os dentes amarelecem? por que uma mãe fica triste?

quem espera por ela, quando ela chega? quem vai colocá-la para dormir? quem vai cantar para ela? com o que ela vai sonhar? quando ela acorda? quando ela morrer, alguém vai chorar por ela?

uma mulher sonha em ficar rica? entrar para um clube de nudismo? quando ela sentir uma dor na barriga, será câncer? ela vai morrer rápido, em apenas duas semanas, e seu enterro será num daqueles cemitérios onde há uma fila e é preciso enterrar logo, porque outra família está esperando? e quando ela for enterrada, vão olhar para o seu rosto pelo visor do caixão, sabendo que ela nunca mais será vista, ela e seu corpo pequeno e magro?

por que uma amiga morre?

o amor de uma mulher por outra é o mais lindo do mundo? mulheres juntas só ficam falando mal dos outros, sentem inveja, disputam tudo? ou duas mulheres se ajudam e é só em outra mulher que uma mulher pode confiar?

como duas mulheres transam?

quantas dúvidas tem uma mulher? oito mil? sete? quantas certezas? três?

toda mulher quer ter filhos? a mulher nasceu para isso? toda mulher quer ser castigada? mulher gosta mesmo é de apanhar? mas, afinal, o que é que quer uma mulher?

o que é um útero? e os ovários, as trompas? mulheres são mais sujeitas a mudanças hormonais? elas são loucas? não entendem muito de espaço, não têm bom senso de direção? nelas, o que funciona melhor é o hemisfério esquerdo?

elas são mais emotivas? uma mulher é inteligente? se uma mulher é decidida, ela fala como um homem? as mulheres podem ser agressivas? mulher-macho é mais desejável? mas sem exagero? mulher assanhada não arranja marido? não, isso era antes, agora já não é mais assim? mulher pode convidar um homem para sair, pedir o telefone, chegar junto, paquerar, passar uma cantada? quantas mulheres podem sair sozinhas? mulher feminista é chata?

    mulheres se suicidam mais do que os homens? são mais depressivas? têm mais insônia? vão melhor na escola? deus existe é uma pergunta feminina? por que querer emagrecer ainda ocupa tanto a cabeça delas?

    algum dia a louça suja acaba? precisa passar? quer com vinco? precisa engomar o colarinho? gosta com espuma? morno ou quente? com gás ou sem? quer que misture para você? precisa bater no liquidificador? tem fermento?

    por que não eu, por que comigo?

    por que dói tanto? onde dói no corpo? vale a pena?

    por que é difícil para mulheres pagar para transar? toda mulher trai? mulher que trai, trai melhor?

    as mulheres sabem de fato o que é gozar? quantos tipos de gozo feminino existem? a mulher tem orgasmos múltiplos?

    de quem é a culpa do estupro? pode sair na rua com roupas provocantes? por que não?

    pode me acompanhar? quanto custa?

    entre os índios não existem esses problemas? a tradição resolve muito mais coisas em menos tempo? as coisas eram iguais, só que as mulheres não discutiam tanto?

    só as minorias devem fazer perguntas? somos oprimidas? oprimimos, em resposta à opressão?

    maria era virgem? isso foi um erro de tradução? e madalena, namorou jesus? jesus transava?

por que tanto medo de nós?
quer que seja uma menina ou um menino?
onde dormem as meninas que fomos?
cu existe?

eu te amo

eu te amo eu te amo eu te amo eu te amo eu te amo ela repetiu tantas vezes até preencher o salão todo daquele hotel com as três palavras. os outros hóspedes, que tomavam uísque no bar ao lado, ficaram cansados daquela ladainha cansada e riam dela. ela ama, eles falavam. já sabemos que ela ama, repetiam. havia muito tempo não viam alguém que amava assim, tanto e tão ridiculamente.

o destinatário daquele amor também não. ele pedira para ela parar, por favor, para, fica um pouco quieta, ele já tinha entendido, você me ama, eu sei, mas não posso fazer nada, estamos num hotel, olha a compostura. só que ela não parava. repetia. ele ameaçou ir embora, ela fez com a cabeça que tudo bem e com a mão acenou que ele fosse. ele entendeu que ela não pararia. o hotel podia fechar as portas, apagar as luzes, os outros hóspedes podiam ameaçá-la e ela não pararia.

uma hora ele desistiu. subiu para o quarto, no décimo quinto andar. será que ela continuava? ele quis tanto saber.

será que alguém reclamaria? o hotel chamaria a sua atenção? o hotel a obrigaria a sair, agora que o hóspede tinha subido de volta para o quarto? será que a expulsariam, como se fosse a louca que fica amando? poderiam até chamar a polícia, se ela se recusasse.

não, ela não faria isso. era razoável. mas como era razoável, se não parava de repetir eu te amo? eles poderiam até ser violentos com ela, e os hóspedes a xingariam, como aquela mulher do vestido muito justo, tão justo que mal conseguia respirar, segurando seu copo de uísque; ririam dela, mas ririam por quê?, só porque ela fala eu te amo? e ela ama a mim. é a mim que ela dirige essas palavras que vocês não ouvem há tanto tempo com tanta intensidade. parem de rir dela, parem de agredi-la, não chamem a polícia, ela ama de verdade e sou eu que não posso dizer que também a amo. ele desceu de volta. ela ainda estava lá. sozinha, na mesa do hall, tomando um cappuccino com croissant de chocolate. a boca meio suja, as mãos engorduradas, o café pela metade. ele se sentou ao seu lado. ela não falava mais, ninguém ria dela, a moça do vestido justo ria de outra coisa, e os funcionários do hotel nem tinham percebido que ele voltara para o quarto. ele começou a assobiar uma música: "nas margens do jordão nada acontecia, o mesmo silêncio e o mesmo lugar", mas ela pegou a melodia de onde ele havia parado e prosseguiu entoando a letra, "o bosque dos eucaliptos, a ponte, o barco e o cheiro de sal na água". ele riu um pouco, surpreso e sem jeito. ela conhecia a música, ele pensou um instante, pegou pela letra e entoou mais um verso e ela pegou no rabicho, gaguejando nas palavras, então conseguiram chegar a um acordo e continuaram juntos, recomeçando depois, desde o começo, a música era antiga, para ele não tanto, para ela muito, porque ele vinha de longe e lá onde morava sempre ouvia essa canção, mas ela morava perto, ela morava aqui, nesse país do hotel onde eles estavam, e aqui essa canção nunca tocava, por isso a surpresa, mas da surpresa é que pegaram na música, "quando minha mãe vinha aqui, bonita e jovem, papai lhe construiu uma casa na colina, primaveras passaram, meio século passou-se, e os cachos de seus cabelos branquearam-se com o tempo", eles cantaram.

eles olhavam um nos olhos do outro enquanto cantavam e foi numa dessas trocas de olhares que ele viu que, ela vendo-o, uma galícia reapareceu, que ela o via quando ele a via, enquanto cantavam, a mãe, a colina, o sal, era outra língua, a língua dele, não a dela, e por isso ela o olhava sem língua, ele roçou na mão dela, tirou e comeu um pedaço do croissant de chocolate, seco, ele disse, gosto de croissant molhado. eu também, ela falou. e o cappuccino, estava decente? mais ou menos. ela olhou para baixo, ele também. era preciso sair, comprar uma sandália de presente para uma pessoa da família, ir a uma palestra, um jantar, dormir mal, acordar cedo, ir embora, para quase sempre. me dá um beijo, ele disse. um dia vamos nos reencontrar, a vida é longa. ela disse sim, deu o beijo e saiu. entrou num táxi e voltou para casa, fez almoço, trabalhou e dormiu. ele queria que ela dissesse eu te amo eu te amo eu te amo eu te amo eu te amo para sempre, para sempre, para sempre. podia morrer ouvindo isso. mas viver não.

qual é o custo benefício? o custo é quarenta, o benefício é qualidade razoável, entendeu? portanto, a relação é vantajosa, já que qualidade razoável por quarenta é um bom negócio. em outros lugares, a qualidade razoável custa no mínimo cinquenta, cinquenta e cinco, por aí. sei que há lugares onde você encontra qualidade razoável até por trinta e cinco, mas daí já são exceções e sempre é preciso desconfiar quando o custo da qualidade razoável é menos de quarenta, compreende? essa qualidade razoável, por exemplo, eu comprei ontem por quarenta e dois, então o custo que estou lhe passando é realmente benéfico. a relação então, nem se fala. porque o que me preocupa é a relação.

Data, dom e dose

Tanto *data* como *dom* e *dose* têm a mesma origem: o verbo "dar".

Nos documentos firmados na Roma Antiga, grafava-se a designação *datus* no final da mensagem, para atestar tanto sua autenticidade como para mostrar que ela fora entregue, ou dada, ao seu destinatário. Como, junto a esse termo, vinha também marcado o dia, o mês e o ano em que o texto havia sido escrito, fixou-se a ideia de data como marcação temporal. Já *dom* vem da noção de que o talento é algo recebido, presenteado pelos deuses ou por alguma força sobre-humana. No caso de *dose*, a origem se deve ao fato de que os medicamentos são dados pelo médico ao paciente doente.

Mas essas explicações, aparentemente razoáveis, são apenas superficiais.

Grande parte da história da humanidade não seria a mesma, não fosse pelas tantas possibilidades contidas e abertas pelo verbo, mas, acima de tudo, pelo ato de "dar". Alguém deveria escrever a história do mundo pelo ponto de vista da doação ou da dádiva. Isso mudaria muita coisa na forma como se compreende — e como se deturpa — esse gesto e seus derivados.

A data, por exemplo. Pensemos na data como algo que se doa e, portanto, também é recebido, já que dar é, por excelência, o verbo da transitividade. Pensemos nos dias e nas suas marcações como coisas que damos e recebemos. Que marcar numa carta o dia, o mês e o ano não é um gesto trivial e que, com ele, o remetente sela sua presença no presente e anuncia, para o futuro, o momento daquela declaração. Pode existir assinatura mais comprometedora? Marcar a data é como depositar uma firma e entregar-se ao instante, inserir-se no tempo, oferecendo-se em confiança para quem a lê e recebe. É o mesmo que dizer: estou me dando a você; aceite meu contrato como pessoa, neste momento e lugar e, se possível, devolva-me a confiança. A data é o tempo como dado, como doação e presença, o que nos prepara para a última delas, a única que não firmamos.

Agora o dom. Se pensarmos na tradução inglesa, *gift*, a palavra vale tanto para a ideia de *dom* como para a ideia de *presente*. Isso porque, na realidade, ambos são a mesma coisa. Um presente de aniversário é algo que se dá. Isso é fácil de se relacionar. Já no dom, ou talento, subentende-se a ideia de que não houve esforço: é algo inato, presenteado pelos deuses, pela genética, pela natureza ou por qualquer outra fonte imaginável. Tudo o que se sabe é que ele existe e que sua origem é misteriosa. Diante do *dom*, todos se calam, como se fosse uma magia ou um milagre. Ele é indiscutível, um fato consumado, foi dado e tornou-se uma coisa sobre cuja existência primeira não se pode fazer nada. É assim. É como se o recipiente do dom não passasse de um canal; como se ele fosse a vítima da doação e não lhe restasse outra saída senão manifestá-la.

E a dose. Com ela, tudo também parece fácil. O médico dá, o paciente recebe e daí a associação da quantidade ao gesto de ministrar o medicamento, sempre medido conforme o caso e a ocasião. Mas pouco se pensa que é na dose que está o sucesso ou o fracasso do tratamento. A mesma substância pode, dependendo da dosagem, curar ou matar. Veneno, na antiga medicina grega, é o mesmo que remédio, variando apenas conforme o volume ministrado. Da mesma forma, em quase todos os tratados da filosofia grega, uma das principais virtudes é a temperança, ou a moderação. Na dose está a sabedoria do tanto que se deve doar para que se satisfaça o recebedor, para que se cumpra o objetivo do que se doa. Dosar é o segredo íntimo da doação.

Data, dom e dose são, na verdade, a mesma coisa. E no fundo de todas elas o que vibra é o tempo, respirando contínuo. É o tempo que sopra os dias, as horas e os meses; que agracia com talento as criaturas, todas elas, e que faz com que as doses ajam ou deixem de agir. O tempo é que é o sumo presente, aquele que dá e que, coitado, nunca recebe.

Movimento hipotético de desorientação

1) Cismar.
2) Ao ganhar um presente importante, dar mais atenção ao barbante que envolve o embrulho.
3) As aparências não enganam.
4) Compreender literal e etimologicamente os sentidos de distrair-se, perder-se e errar.
5) Preencher de valor a função fática, respondendo seriamente a perguntas e comentários como "tudo bem?", "como está frio hoje" e "como tem passado?".
6) Incorporar as intervenções do acaso com mais frequência.
7) Não fazer o que pedem insistentemente e fazer algo importante por alguém que nada lhe pediu.
8) Ao ouvir palavras de sentido duplo, atender ao significado pretensamente não intencionado.
9) As palavras, como as pedras, têm diferentes medidas de resistência. Respeitá-las.
10) Em princípio, gostar. Não gostar, caso necessário, no final.

11) Considerar que o dinheiro não é da natureza.
12) Mediações são boas para articular caminhos. Más, quando os impedem.
13) Gostar de ter raiva e também de dispensá-la.
14) Esquecer quando é preciso lembrar e lembrar quando é preciso esquecer.
15) O ócio não é um prêmio pelo trabalho realizado.
16) Responsabilidade é a capacidade de responder e não de arcar com as consequências de um ato.
17) Encontrar alguém que possa e queira ouvir os sonhos. Contá-los como se fosse possível.
18) Existem efeitos sem causas e causas sem consequências, assim como efeitos com inúmeras causas, muitas vezes não identificáveis.
19) Todas as pessoas têm uma história sobre a qual se poderia escrever um romance.
20) Não há temas que se esgotam.
21) Sucesso é o particípio passado do verbo "suceder".
22) Existem almoços grátis.
23) Ao atender o telefone, dizer "sim, sou eu" e não "sim, é ela".
24) "Eu" não é substantivo.
25) A dor e a alegria não são paralelas.
26) Tudo é furo: na vida, no jornal, na verdade, na agulha, na tomada, no livro, no chão, na parede, no teto, na cirurgia, no brinco, na tatuagem, no computador, na arte, na ciência, no parto, na morte.

L de lá

Minha mãe, que é húngara, quando fala comigo ao telefone e diz que vem até minha casa, fala assim: "Estou indo pra lá". Ela, no Brasil há sessenta anos, não conseguiu aprender a especificidade do termo "aí", o que a faria dizer: "Estou indo aí". Aí é o aqui do outro: um advérbio muito sofisticado e bem brasileiro, de difícil apreensão por um falante não nativo. Portadores do aqui do eu e do aqui do outro, para nós o "lá" fica reservado para usos e significados que considero, de forma chauvinista, mais amplos e poéticos do que, por exemplo, o *there* ou o *là* do francês, que estranhamente também é "aqui". Ao *lá*, em português, dispensado de ser o aqui do outro, ficou reservada uma distância que é, e ao mesmo tempo não é, indicativa. *Lá* pode ser um lugar determinado, mas também é, simultaneamente e sempre, um lugar incerto, todo ou nenhum lugar, uma distância física e imaginária, um lugar solto e sozinho no espaço e também no tempo. Afinal, se *lá* não fosse também uma indicação de tempo, por que dizemos "até lá", referindo-nos a uma data? Porque *lá* é, misteriosamente, um lugar no espaço e no tempo. É *lá* — para onde as coisas vão e de onde as coisas vêm, e ao dizer "até lá" é como se pudéssemos finalmente, como promessa e cumprimento, por uma vez, alcançá-las. Quando chega o momento de cumprir o "até lá", quando aquele *lá* vira agora e aqui, estranhamente o *lá* permanece intacto, uma fonte inexaurível que não cessa de se distanciar. Se não fosse assim, por que então, em vez de dizer apenas "não sei", dizemos, muito mais enfaticamente: "Sei lá"? "Sei lá" é não sei e não quero saber. É uma declaração de que meu interesse pelo assunto está *lá* e de *lá* não vai sair. Foi para *lá*; portanto, não vai voltar. O contrário disso, entretanto, é a expressão linda "lá vou eu", indicando, agora sim, um desejo potente e confiante de, nesse caso, ir para *lá*. "Lá vou eu" é o enfrentamento de um desafio, é um aqui e agora carregado de *lá*, portanto mais nobre e temerário. A própria inversão da frase — lá vou eu, em vez de "eu vou lá" — já empresta nobreza e coragem ao sujeito que lá vai. É como um "seja o que Deus quiser" laico, cujo resultado é, no mínimo, engrandecedor. Quem diz e realiza a promessa do "lá vou eu" pode dizer que esteve *lá*. Gertrude Stein, enriquecendo a pobreza do inglês, pelo menos nesse sentido, diz que não ficaria nos Estados Unidos, porque *"there is no there there"*. É verdade. O inglês, forçado ao pragmatismo, perdeu o sentido longínquo e incognoscível de um *there* maciço, inexpugnável. *There* se tornou simplesmente o contrário de *here*, deixando de compreender a beleza de uma expressão como *there is*, para querer dizer somente "há". Em português, felizmente, além do "há", também mantivemos o "lá está". Penso que uma tradução totalmente não literal, mas de alguma forma fiel a *"there is no there there"*, poderia ser "lá lá lá", não só porque ela mantém os três "lás", mas principalmente porque ela diz, de forma bem brasileira, que aqui ainda há *lá*. Talvez seja porque *lá* é também uma nota musical. Sempre me lembro da tradução da canção do filme *A noviça rebelde*, em que ela ensinava aos filhos do sr. Von Trapp as notas musicais. Para o lá, em português, a letra dizia: "Lá é bem longe daqui". Em inglês é *"a note to follow so"*. Quero que *lá* seja para sempre bem longe daqui e que fique mantido naquele lugar que está perfeitamente traduzido na piada dos dois caipiras, que veem pela terceira vez um elefante voando bem alto no céu, em direção ao leste, e então um deles diz: "Acho que o ninho deles é pra lá".

Curvas

Sobre Mozart, Albert Einstein escreve: "Sua obra é tão pura que parece ter estado sempre presente no universo, esperando ser descoberta". Para ele, conforme relata um de seus biógrafos, "Mozart era uma espécie de físico musical — alguém que parecia descobrir seu som particular na mais cósmica essência do universo". Nas biografias sobre o físico, já se cogitou muito sobre a importância da música em sua formação e em suas percepções entre inusitadas e geniais sobre o funcionamento das leis cósmicas. Sua mãe era musicista e, desde cedo, foi claro seu interesse pelo piano e pelo violino; neste último instrumento, que no início ele não dominava muito bem, o tempo foi colaborando para uma desenvoltura cada vez maior. Einstein chegou a oferecer vários concertos públicos, e inclusive fez gravações de algumas peças que podem ser ouvidas na rede virtual. Sua relação com a música, como contam alguns amigos, era de tal natureza que não é difícil imaginar como ela pode tê-lo ajudado a intuir ritmos e regularidades de maior grandeza, e não são poucos os filósofos que estabeleceram associações entre a música e o universo, como Platão e Nietzsche, por exemplo. Além de Mozart, os músicos Bach e Beethoven também estavam entre as paixões de Einstein, mas ele mantinha sérias ressalvas contra Wagner e Debussy, criticando neles o excesso de engenho. Acompanhando sua biografia, a impressão é a de que seu gosto musical identificava-se com a busca de certa ordem evidente, uma espécie de som puro que, para ser fruído, não exigisse o uso da razão. O jornalista Jerome Weidman conta que, ao visitar o físico para uma entrevista, surpreendeu-se com uma pessoa que só queria lhe mostrar discos e que, depois de escutarem "Em campinas verdejantes", de Bach, observou: "Eu só tenho uma coisa a dizer sobre a obra de Bach: ouça, toque, ame, reverencie — e mantenha sua boca fechada".

Não é de surpreender, portanto — embora tenha me surpreendido muito —, que Einstein tenha se encantado com ninguém menos do que Dorival Caymmi. Pois quem senão ele seria comparável àquilo que Einstein buscava em Bach? Quem, como Caymmi, é capaz de apresentar a "coisidade" das coisas, quando em "Coqueiro de Itapuã", por exemplo, consegue definir a essência de um coqueiro, de uma morena e da areia apenas repetindo as próprias palavras "coqueiro", "morena" e "areia"? E mesmo reconhecendo todas as diferenças que separam o músico austríaco do século XVII do cancionista baiano do século XX, não há como negar algumas semelhanças: o máximo de sofisticação na aparência de máxima simplicidade; a capacidade de atingir o cerne com poucos elementos; a sensação de completude e de que, se Bach pudesse cantar, uma de suas vozes poderia muito bem ser a de Caymmi — ou, digamos, a de sua filha Nana.

Mas o fato é que, afortunadamente, Einstein teve acesso à gravação de Carmen Miranda cantando "O que é que a baiana tem" e também "A preta do acarajé", esta última com o próprio autor. Nessa época já morando nos Estados Unidos, o físico intuiu, nas canções, algo da verdade plena e incorruptível que sentia com Bach e Mozart. Nada que se possa qualificar como uma visão exótica do Brasil, coisa que não faltava aos apreciadores americanos de Carmen Miranda, que a confundiam, inclusive, com uma cantora mexicana ou argentina e chegavam a misturar bananas com mariachis. Não foi isso o que o atraiu nem em Carmen nem em Caymmi, mas a sensação da coincidência perfeita entre letra, melodia, entoação, arranjo e timbre — uma ideia íntegra de uma brasilidade que Einstein não conhecia, mas que sentia reconhecer apenas pelas canções. O cientista chegou até a pesquisar algo sobre o compositor, surpreendendo-se ao se dar conta de alguma semelhança física entre eles. Como naquela época Caymmi também estava morando nos Estados Unidos, Einstein chegou a cogitar encontrá-lo e pedir que lhe tocasse algumas de suas canções, mas, não se sabe por quê, a ideia não foi adiante.

Vim a saber disso de forma inteiramente casual. Gosto de curiosidades esdrúxulas e, em alguns passeios aleatórios pela rede, deparei com uma carta escrita de próprio punho, em que Einstein menciona o nome de Caymmi. A letra não está muito nítida, mas tive certeza de ter lido esse nome. Resolvi ir em busca de informações e quase caí para trás ao encontrar anotações feitas por Einstein numa partitura de "Das rosas", depositada na Biblioteca de Nova York. Talvez por um resquício de vaidade, em nome de algum segredo legado a uma posteridade curiosa, como foi meu caso, ou por pura exatidão germânica, o fato é que está ali a assinatura do físico, sob alguns apontamentos estritamente musicais, misturados a alguns adjetivos como *amazing, difficult* e *lovely*. Depois dessa febre associativa, resolvi ainda perseguir mais informações e, conversando com especialistas, descobri que, realmente, se tratou de um fascínio, ainda que passageiro, do cientista pelo músico baiano. Só não mantive a pesquisa porque meu objetivo inicial era outro e porque, quando começo a desencavar relações tão inesperadas como essa, coincidências indesejadas começam a acontecer e acabo por me sentir uma espécie de invasora da privacidade alheia, de pessoas que nunca conheci, de cuja intimidade nunca privei e que jamais me contariam tamanhos segredos. Sinto certo desconforto, como se estivesse perfurando um solo protegido, já encoberto e que, ao ser revelado, pode vir a cobrar caro. Nada metafísico, pelo contrário. Apenas um escrúpulo material e um respeito pelo que já foi esquecido.

Por outro lado, não posso deixar de partilhar. Einstein e Caymmi, Caymmi e Einstein. Se o tempo realmente faz curvas — coisa que não somos capazes de apreender inteiramente —, é lá, nessa curva, que deve soar um mar que, quando quebra na praia, é bonito.

Isso

Não tenho direito de escrever sobre o ovo, depois de tantos outros autores o terem feito. São textos que atingem a imanência do ovo, em sua essência oval, e que o compreendem em seu mistério integral e íntegro, pois nada há de mais íntegro do que o ovo em toda a natureza. Se quisermos nos espelhar em algum modelo para a vida, esse modelo é o ovo.

Mas dizia que não tinha direito de escrever sobre ele e já me pus a escrever, como se ainda pudesse acrescentar algo a tudo o que sobre ele já foi dito.

Digo ovo e não ovos, porque os ovos nada têm a ver com o ovo, este, sim, matéria abstrata, apenas imaginável, enquanto os ovos já vêm acondicionados em caixas, sempre prontos para ser comidos, transformados em omeletes, são de galinha ou de codorna, brancos ou vermelhos, médios ou grandes, enquanto o ovo, este não, este é ovo apenas, não classificável, avesso a qualquer nome ou número, aquele que não se reduz a dúzias, que não se compra nem vende, anticomercial, anterior à invenção do comércio e aquele que restará depois que tiver acabado o dinheiro e quando novamente as criaturas habitarem as cavernas. Comido e partilhado; ele será o bem que alimentará os velhos e as crianças. Será totem e coisa do dia a dia.

Ovo é coisa, afinal. Coisa como é coisa uma caneta, uma cadeira, um palito de fósforo. O ovo é a coisa em que todas as coisas se inspiram para sê-lo. Ele é a pergunta inicial: o quê? E a final também: para onde?

Mas incorri no mesmo erro, porque desandei a discorrer sobre o ovo, quando nada mais resta a dizer sobre ele, mesmo porque dizer algo sobre o ovo é tentar superá-lo e explicá-lo, quando sabemos que ele é insuperável e inexplicável. O ovo é a vida e aqui eu disse uma bobagem, porque sobre o ovo só se pode dizer bobagens, embora dizer que o ovo é a vida não seja tanta bobagem assim, apesar de ser um enorme lugar-comum, porque o que mais do que a vida se assemelha ao ovo, a vida, que é afazer extenso e inafiançável?

Mas o que eu queria contar era algo *sobre* o ovo, na verdade, já que o ovo é inapreensível, indizível e até inolhável, já que não posso dizer invisível. Será o ovo invisível? Será a própria invisibilidade? Talvez ele seja a própria transparência e, quando vemos um ovo, na verdade vemos através dele ou então é nele que nos espelhamos e, quando pensamos não ver nada além dele em sua superfície, estamos vendo a nós mesmos nele transformados, a brancura e a lisura de sermos quem somos.

E a história que quero contar sobre o ovo, se meu amigo me permitir — mas ele terá que permitir, sim, já que não tenho como lhe pedir permissão e já que, como a história é sobre um ovo, como o ovo é a essência desta história, não restaria a ele outra opção senão permiti-la, porque não se pode proibir nada que contenha um ovo —, a história fala da Rússia.

A Rússia, em meus sonhos russos de ruas largas, de velhas que vendem ovos na rua — como uma senhora que vi em Varsóvia, que os vendia enfileirados e diante dos quais ela dispusera uma tabuleta em que escreveu "ovos" e o preço —, a Rússia é um velho país de ovos, onde, depois da grande fome de Leningrado, as crianças saíam à rua à caça deles, um ovo apenas que fosse, para com ele alimentar a família por um dia inteiro. Esse é o país que eu amo e que não conheço e onde meu amigo foi fazer um filme, um documentário sobre pequenas cidades do interior. Mais do que de Moscou ou Leningrado, cidades que só imagino, o que amo mesmo na Rússia são suas pequenas cidades onde circulam os funcionários de Tchékhov, suas dachas e seus cachorros, o farmacêutico que dorme profundamente e ronca, sonhando com um medicamento que vai torná-lo rico, e o dono do capote, de Gógol, que o pendura numa taberna, à noite, para depois perdê-lo e, com isso, também a vida.

Meu amigo foi de trem a uma dessas cidades e, ao chegar à estação — uma daquelas estações de trem russas, onde as pessoas esperam debaixo de uma marquise, bem agasalhadas porque está sempre frio, onde é sempre ou muito cedo ou muito tarde, onde homens bêbados se encontram para mais um gole e onde mulheres gordas carregam sacolas e partem um pão com as mãos —, a orquestra local estava toda adormecida, cada músico sobre seu instrumento. O trem tinha atrasado muito, a orquestra não soube do atraso e ficou aguardando o visitante, ele demorava, eles se cansaram, mas não desistiram e acabaram adormecendo. Quem o recebeu foi apenas o maestro, o único ainda acordado e, ao vê-lo, correu a despertar os músicos todos que rapidamente se aprumaram, sacaram os instrumentos e começaram a tocar uma peça especialmente preparada em homenagem a ele — sem dúvida com o talento que só uma orquestra russa, mesmo sendo do interior, consegue demonstrar, mesmo depois de adormecida.

Meu amigo, é claro, não sabia onde localizar sua emoção, se nos olhos, na boca, nas pernas, como agradeceria a tanta dedicação e carinho, tanto amor entregue a ele, um cineasta iniciante e desconhecido, numa cidade escondida no interior de um país tão distante. Cumprimentou-os a todos, emocionado, apenas. Quando a homenagem é tão cândida, o silêncio, como o de um ovo, é o melhor abraço.

Todos o acompanharam até a casa onde ele iria realizar uma entrevista. Não me lembro agora se a conversa seria com o próprio maestro ou com outra pessoa que não fazia parte da orquestra. Só que não quero me certificar da exatidão dos fatos, porque, de certa forma, os fatos completos, sem tirar nem pôr, estragariam a nuvem que contorna esta história e as histórias gostam de estar envolvidas em nuvens de veracidade duvidosa, porque ali flutuam, absorvendo novos fatos, respirando os gases que circulam nessa atmosfera, colorindo-se de tons que circulam no ambiente. Penso que era, sim, o maestro que meu amigo entrevistaria. Não sei, entretanto, o porquê dessa entrevista. Se ele tinha alguma história especial para contar, se participara heroicamente de alguma batalha, se formara a orquestra à revelia da censura, se havia sido preso, se era parente de alguém famoso. Realmente não sei; não me lembro.

Mas meu amigo me contou que moravam na casa apenas o maestro e seu filho, um menino ainda pequeno. Que era uma casa bem simples, mas aconchegante, e que o maestro era gentil, inteligente e espirituoso.

Imagino sua casa pequena: um armário envidraçado carregado de louças floridas, taças e talheres, todos recentemente limpos; muitos tapetes grossos, estampados e escuros; um porta-retratos com sua esposa, falecida há não muito tempo; os cadernos escolares do menino empilhados junto a uma montanha de livros, nas laterais das paredes; uma pequena geladeira vazia e barulhenta, sua porta amarrada com um cordão velho; roupas penduradas num varal improvisado na própria cozinha.

Eles conversaram muito, durante todo o dia e a noite, e o maestro apresentou várias músicas russas ao meu amigo, tocando-as ele mesmo ao violino ou numa vitrola antiga, onde ele punha um disco depois do outro, apontando as melodias, relacionando-as a compositores famosos, localizando-as no tempo e no espaço. Na verdade, não sei dessa parte da vitrola e estou apenas inventando. Mas quero que tenha sido assim e acredito então que foi. E, se não foi, tenho certeza de que poderia ter sido, porque conheço meu amigo e sinto que também conheço esse maestro.

Até que ficou muito tarde e meu amigo dormiu em sua casa, tão pequena e sem espaço para hóspedes. Mas hospedar é a prática mais antiga da humanidade, é a origem do que hoje conhecemos como sociedade e, para os antigos, esse exercício era tão sagrado como as coisas do que agora chamamos religião. Então o maestro o hospedou, como um ovo nos hospeda em sua verdade.

No dia seguinte, meu amigo precisava partir cedo. Um trem já o aguardava para levá-lo a outra cidade, onde entrevistaria outra pessoa para seu documentário. E o maestro então o acompanhou até a estação. Chegando lá, meu amigo estava apressado e não havia tempo para muitas despedidas, o maestro apenas lhe entregou uma lembrança. Era pouco, ele reconhecia, mas tinha sido preparado com o coração, ele disse, por ele e pelo menino. O pequeno pote de plástico, meu amigo não abriu na hora, por respeito ao anfitrião. Despediram-se com um abraço prolongado, de quem já se ama profundamente mas sabe que jamais vai se reencontrar.

Depois que o trem se afastara um pouco da estação, onde ainda podia enxergar o maestro acenando, meu amigo abriu o pote. E, nele, havia uma maçã e um ovo.

Eram tempos difíceis na Rússia. Tempos em que uma maçã e um ovo não valiam pouca coisa e, certamente, foi com algum sacrifício que o maestro entregou esses alimentos ao meu amigo, quem sabe subtraindo-os até ao próprio filho.

Isso. Um ovo e uma maçã. Esqueci de falar da maçã desde o começo desta história. Mas não importa, porque uma maçã é também um ovo.

Imagino-os ali, dispostos no pote, um ao lado do outro.

E sei que, por eles, por causa deles, desse ovo branco e da maçã vermelha, entregues por um maestro russo numa estação de trem ao meu amigo brasileiro, o mundo ainda resiste e resistirá. Um ovo e uma maçã são o lastro de resistência do mundo e quando tudo estiver despencando, quando me faltar o ar e o amor, quando eu não puder dizer a você que ainda tenho algo a contar, contarei do ovo, esse do qual nada mais posso dizer, porque outros já disseram e, aliás, porque ele, sozinho, já diz tudo.

E, dirigindo-se a Adão, falou: Preferiste obedecer à voz de tua mulher, seja a terra maldita por tua causa e produza de agora em diante espinhos e abrolhos. Comerás o pão ganho com o suor de teu rosto, até que voltes à terra donde foste tirado, pois és pó e em pó novamente te tornarás. E, uma vez que conheceste o pecado, de agora em diante e por todo o sempre, irás também:

1) compensar
2) equiparar
3) contrapesar
4) contrabalançar
5) neutralizar
6) corrigir
7) retribuir
8) recompensar
9) ressarcir
10) indenizar

11) substituir
12) remediar
13) completar
14) preencher
15) prover
16) repor
17) manter
18) reparar
19) estabilizar
20) sustentar
21) remir
22) suportar
23) atentar
24) agradecer
25) contemplar
26) gratificar
27) aguentar
28) consertar
29) desagravar
30) emendar
31) melhorar
32) refazer
33) perdoar
34) restaurar
35) consolar
36) acertar
37) sanear
38) premiar
39) redimir
40) reformar
41) aceitar
42) reconhecer

43) servir
44) restituir
45) adiantar
46) expiar
47) ressalvar
48) desempenhar
49) regenerar
50) eximir
51) desculpar
52) livrar
53) absolver
54) absorver
55) esquecer
56) isentar
57) escusar
58) purgar
59) dirimir
60) estornar
61) inutilizar
62) suprimir
63) alienar
64) mitigar
65) abrandar
66) afrouxar
67) amainar
68) amortecer
69) distender
70) moderar
71) abafar
72) edulcorar
73) aliviar
74) aplacar

75) aquietar
76) atenuar
77) graduar
78) medir
79) reter
80) segurar
81) satisfazer
82) regrar
83) proporcionar
84) providenciar
85) abastecer
86) domar
87) brecar
88) prescindir
89) ceder
90) conceder
91) resignar
92) desistir
93) retroceder
94) sacrificar
95) frear
96) suspender
97) controlar
98) abster
99) parar
100) diminuir.

Venha morrer comigo

quebrar tudo, morrer tudo, morrer só alguns pedaços, morrer aos poucos, todos os órgãos do corpo e da alma mortos, quebrados, despedaçados, percorrer a morte de todos os pedaços do corpo então quebrados, fazer com os pedaços percorridos do corpo um destroço gigante do percurso inacabado da avenida, cobrir a avenida de doença, nunca mais se curar, viver a ferida purulenta até ela feder e infectar todos os lugares de tempo, cobrir todos os lugares de relógios parados ou correndo loucamente atrás de seus próprios ponteiros, até que o espaço se torne tempo e todos os relógios chorem destroçados sobre os ossos restantes do corpo sem órgãos que também ele transformou-se em tempo. transformarmo-nos todos em tempo, em duração, dissolvermo-nos no instante em que as coisas, de tão coisas, viram música e corujas brancas e noturnas viram estrelas fulgurantes no sonho de alguém, até que o sol finalmente nasça e elas saiam voando porque não suportam a luz. ser sonho, ser luz e expulsar a noite, fulgurar na velocidade do rasgo, ser rasgo, cortar as abas das coisas, ser coisa parada, ameaçada, estar no tempo da ameaça, olhar para o mundo destroçado mas inteiro e saber que o maior destroço é a integridade. está tudo íntegro, meu amor, venha aqui me ajudar a destroçá-lo, venha morrer comigo, suicidarmo-nos juntos na fumaça do cigarro que eu não fumei, o vício que eu não tive, a mentira que eu não contei. foi a verdade que nos matou, meu amor, a verdade vive por toda parte, infectando o tempo com objetos verdadeiros, o tempo se saturou de verdade até o cabo de sua alça; puxe a alça do tempo, meu amor, desmonte-o pelo topo, rasgue-o até o pé, faça com que ele se desfie, se desfaça, se despregue e que dele vazem e jorrem e espirrem e melem e caguem todas as mentiras que se ocultavam dentro dele, espalhando-se loucas pela avenida, percorrendo destroços. nojenta a avenida toda suja, os gases exalando dos relógios, a morte cobrindo a vida, as corujas saindo dos sonhos, os sonhos escapulindo do fundo das memórias dos homens e populando as ruas, roubando os computadores, os dinheiros tão bem guardados sendo sequestrados pelos sonhos das corujas brancas brilhantes. morrer, fulgurar para que a lua nasça, a potência renasça nas mulheres, nos homens, nas crianças atônitas porque o fim do mundo chegou, o messias veio, finalmente o homem que todos queriam por tantos séculos, o filho do homem, o coringa do rosto rasgado, o mal encarnado, e nós, e você, vai ficar aí parado? onde está a palavra que você não disse? vai guardá-la macia na garganta? acariciá-la até que ela saia perfeita, mais uma coisa íntegra e verdadeira? estão esperando por mais verdades? eu não, ela não, ela está contente com sua mentira morta e fedorenta, tão pobre ela, coitada, incapaz, uma pouca mentira que nada pode contra o império do mal dos homens fortes que acumulam setenta rifles verdadeiros em casa, no criado-mudo, na geladeira, no fogão, na estante, na mala, dão armas para os filhos irem para a escola e no caminho param para uma batata frita e matam uma criancinha preta no sinal. é com nosso nada sim que vamos não fazer alguma coisa; é com nossa fraqueza mentirosa que vamos espalhar nossos ossos pelas avenidas sem alegria nenhuma, só sujeira, fedor, escarro, gases fedorentos de corpos vazios, relógios pretos exalando gases de mentira, pessoas se transformando em espaço, espaço se transformando em tempo. sonhos, coisas e mentiras se transformando em duração, tudo só durando como gases na avenida, a tristeza suja finalmente evoluindo, subindo como vapor pelos postes e se derramando sobre as ruas como um cuspe subitamente alegre, vinda de todos os que cuspiram nos pratos que comeram ou daqueles que cuspiram para cima sem medo de que o cuspe um dia caísse sobre suas cabeças. é a hora de quem se recusou a acordar mais cedo, a ser inimigo da perfeição, a não agradecer pelo pássaro na mão, a fazer verão com menos de uma andorinha. é a hora dos que quiseram morrer antes de sua hora e se recusaram a aproveitar o que a vida ofereceu, é a hora dos que não têm nada de útil a lhe dizer, porque você vai continuar lambendo o relógio, tic-tac, tic-tac da vida, você que quer o equilíbrio das compras bem-feitas, você não entra aqui nesse relógio desfeito na avenida destroçada em meu corpo impotente e morto, apaixonado que estou por minha alegria fraca, tão fraca que não é nem capaz de um lábil sorriso, só de um soco curto na pinguela da língua, a língua dessa boca banguela, manca, gaga e surda que desde agora eu vou falar.

Uma coisa

Eu aprendi que qualquer coisa pode se transformar numa história interminável e infinita. A palavra "tigre" contém o conhecimento de um tigre, de todos os tigres, dos mamíferos, de sua história no planeta, do capim que eles comeram, dos insetos que comeram o capim — da ideia de eternidade contida nos insetos, por oposição à ideia de tempo, propriedade dos mamíferos. Será que então estaríamos condenados a não falar sob pena de que, ao dizermos qualquer palavra, estaríamos traindo a eternidade, o galope dos cavalos e tudo o que ainda não aconteceu? Ou, ao contrário, estaríamos livres para sempre dizer tudo o que quiséssemos, mesmo que aparentemente sem sentido nenhum, já que todas as palavras sempre conteriam todo o conhecimento do mundo e da humanidade? E será que então estaríamos sempre, a todo momento, realizando o sonho da biblioteca de Babel, do livro dos livros, simplesmente ao falar, mesmo que seja "que horas são"? Tudo isso era porque eu queria contar um caso simples, que achei que, por ser tão simples e maternal, não teria estofo para preencher uma história. Foi então que lembrei que havia recentemente aprendido com meu fígado, com as coxas, com os cílios, que todas as histórias são intermináveis e contêm todas as outras que já foram, não foram, serão e não serão contadas, e então percebi que sim, que eu poderia contar essa história boba, porque ela conteria também as histórias que todas as mães contaram aos filhos nas casas das aldeias polonesas do século XII, e as histórias que os condenados ao calabouço pensaram antes de morrer, e as histórias que meus sucessores no futuro vão contar sobre um passado distante, quando um pio de passarinho ainda se misturava ao barulho de um motor velho de caminhão. E a história que minha filha me contou é que o pai dela um dia lhe disse que "nada é perfeito". E ela, como era criança — e como as crianças acreditam na integridade das palavras dos adultos, porque para elas os adultos sempre dizem a verdade, sem saber que na realidade são elas, em sua crença, que são proprietárias da verdade que existe, e que consiste somente em acreditar nela e não em dizê-la, porque no momento em que você diz qualquer coisa você já está mentindo, mas não dizer e acreditar na verdade do que os outros dizem, aí é que está a verdadeira verdade —, ela, minha filha, acreditou que "nada é perfeito". Mas como era possível que nada fosse perfeito? Se aquilo era verdade, como minha filha continuaria acreditando na verdade perfeita do que dizia o pai? Se tudo o que o pai diz é perfeito em si mesmo, independentemente do conteúdo, perfeito só na condição única de ser pronunciado por um pai, como pode então um pai dizer que "nada é perfeito"? Se essa frase é perfeita, por ter sido emitida pelo pai, o que resta do pai? E o pai, que desenha muito bem, desenhou um dos

101 dálmatas para a minha filha. E o desenho era perfeito, idêntico ao dálmata que aparecia na figura do livro de histórias. E minha filha pensou que era impossível que nada fosse perfeito e entregou-se ao exercício de encontrar algum defeito no desenho do dálmata perfeito, porque seu pai lhe dissera que nada é perfeito. Se ela achasse perfeito o desenho do dálmata, estaria traindo a verdade do pai. Se, respeitando-o, achasse o desenho do dálmata imperfeito, trairia então sua percepção da perfeição, seu amor à capacidade absoluta de seu pai de desenhar um dálmata perfeito.

É assim, imagino, e aqui fiz meu primeiro parágrafo nesta história que eu supunha interminável, mas que agora, por ter posto o parágrafo, percebi que se aproxima do fim, é assim que a credulidade se desequilibra, estremece o pomo da certeza e se transforma numa pergunta, metralhadora sagrada do medo, do sonho e da maldição. É assim, acho, e isso já soa como uma moral da história, mas eu não me importo nem um pouco que seja assim, porque não tenho nada contra morais de histórias, porque já que as histórias acabam, então que elas acabem alguma hora, e que pelo menos seja com algum pequeno ensinamento, para que a tristeza do fim de qualquer coisa e de qualquer história se carregue de alguma textura tátil e o homem que ouviu a história vá para casa pensativo e tome café e pense se ele quer mesmo trabalhar naquela noite e olhe para sua mulher que está lutando com a boca do fogão que não acende, com um carinho que voltou e logo vai desaparecer. Mas eu dizia que acho que é assim, com a instalação da dúvida como um cabo elétrico instalado por um eletricista numa criança, é assim que o tempo começa a atuar sobre o olhar curioso e o torna um pouco desconfiado. E é assim que nos tornamos temporais, fartamente solitários e amantes incompreensíveis da solidão, incapazes, como eu sou, de compreender a história infinita, o caso milenar que está a querer me contar aquele cruzamento de duas montanhas, uma mais alta e outra mais baixa, que eu vejo paradas no horizonte. Elas estão falando, ouço o eco de uma história silenciosa, que contém toda a verdade do tempo, das histórias, das palavras e do silêncio. Mas não consigo ouvir.

Como o de um menino

Em sua autobiografia, *A guerra: uma memória*, Marguerite Duras conta como procedeu para ajudar a resistência francesa a assassinar um oficial nazista. Esse sempre foi um de meus sonhos irrealizáveis, sobretudo da forma como ela o fez. Mas, infelizmente, eu nem havia nascido naquela época. Duras conta que, na noite francesa, esse oficial de alta patente havia se apaixonado por ela. Parece que era mesmo uma mulher linda, o que talvez explique todas as paixões que ela manteve, incluindo a inesquecível relação narrada no livro *O amante*, depois transformado em filme, e que conta sua história com um homem muito mais velho, ainda da época em que ela vivia na Indochina.

O alemão começou a segui-la insistentemente, oferecendo-lhe garantias de segurança e também a seus amigos — que ele decerto sabia pertencerem à resistência — caso ela se rendesse a seus apelos. Aos poucos, ela fez que ia cedendo, tudo para finalmente emboscá-lo num encontro em que o oficial apaixonado acreditava que os dois iriam planejar uma fuga, apenas para que seus camaradas da resistência pudessem mirá-lo com precisão e matá-lo. O plano e sua execução seguem uma estratégia tão precisa e a sensação de vitória dela e dos amigos, ainda que mínima, é tão contagiante, que não resta ao leitor futuro mais do que sonhar que estivesse também ali, participando da pequena revolta contra o imponderável.

Entretanto, embora parecendo se esmerar nos detalhes, Marguerite Duras silencia sobre algo que, ao menos para leitores brasileiros, é extremamente relevante: entre seus camaradas, estava ninguém menos do que Rubem Braga. É claro, a autobiografia é dela, é de si mesma que está falando, e não há como nem por que ela declarar os nomes de todos os colegas que tiveram parte nesse plano.

É bem conhecido que Rubem Braga foi jornalista e cobriu ativamente o envolvimento do Exército brasileiro nas batalhas italianas. Mas, quando podia, em seus momentos de folga, Braga ia também a outros lugares, entre eles Paris. E foi lá, em 1944, quando, mesmo já próximo do final da guerra, o nazismo recrudescia terrivelmente, que Braga conheceu Duras — nada se sabe sobre algum namoro entre eles, embora tudo conspire para que, sim, os dois tenham tido algum envolvimento (ao menos eu daria tudo para que assim tenha acontecido) — e pôde ajudá-la a realizar seu plano. É claro que Braga jamais contaria isso a alguém, muito menos publicamente, já que uma de suas características mais conhecidas — e mais elogiáveis — era a extrema humildade. Além do mais, cabia apenas a ela narrar algo dessa natureza, extremamente íntimo e possivelmente condenável.

Quem acabou por me relatar essa história, depois que confessei que eu mesma gostaria de ter estado no lugar de

Duras, foi uma tia de Joana, a mulher a quem Braga costumava dedicar várias das crônicas publicadas na coluna "Ordem do Dia", que saía por aquela época no *Diário Carioca* e que era, folclórica mas também verdadeiramente, uma das namoradas do cronista. Eu a conheci por acaso, quando estive uma vez, há não muito tempo, em Fortaleza. Uma senhora simpática e já idosa, que mais nada tinha a perder se me contasse essa curiosidade, como ela disse. Preciso confessar que nem fiquei tão surpresa. Não podia esperar nada menos do que isso de Rubem Braga, um dos maiores de nossa literatura — sem dúvida o maior cronista — e também uma das criaturas de alma grande que já viveram no país.

Desde logo, Braga nunca fez segredo de sua posição contrária à política getulista e fez advertências precoces sobre o nazismo:

"Não temos dois caminhos a seguir. Nossa tarefa é clara: ajudar a arrebentar a máquina monstruosa do nazismo, ameaça ao Brasil e ao mundo. Isso é o essencial, é o urgente — é a um só tempo a necessidade, a honra e o dever. A estupidez nazista já se encarregou de vir até nós fazer demonstrações frias e covardes de si mesma. [...] Unamo-nos para a guerra."

De forma inclusive discutível, e que até lhe rendeu inimigos, Braga foi francamente favorável à participação dos pracinhas na guerra mundial.

Numa de suas crônicas, o autor confessa ter inveja dos jovens soldados brasileiros que iriam à guerra e como ele mesmo gostaria de estar em seu lugar. Talvez tenha sido esse o motivo que o fez ajudar Duras, não sabemos.

A nonagenária tia de Joana, embora temerosa, concedeu em me mostrar rapidamente uma carta escrita por Braga e endereçada a Duras. Fiquei tão nervosa com o inusitado da coisa que a vista embaçou e não consegui reter todas as palavras, mas lembro de algumas frases — embora não possa atestar sua veracidade, muito contaminada pela emoção. Logo ao sair, anotei num papel qualquer o que pude lembrar.

Havia passagens assim: "E por ser impessoal e não ter pressa nem rumo, por ter um capote e sapatos grossos e por andar entre meus desconhecidos irmãos, eu me senti mais livre. E cumpri os ritos da multidão, comprei meu jornal, tomei meu café, li o placar das últimas notícias, fiquei um instante distraído mirando os frangos que giravam se tostando numa rotisseria". E esta outra: "Outro dia vi uma linda mulher, e senti um entusiasmo grande, uma vontade de conhecer mais aquela bela estrangeira: conversamos muito, essa primeira conversa longa em que a gente vai jogando um baralho meio marcado, e anda devagar, como a patrulha que faz um reconhecimento. Mas por quê, para quê, essa eterna curiosidade, essa fome de outros corpos e outras almas?". Ou ainda, e aqui, creio que ele assentia em tomar parte da empreitada com ela: "Eu disse apenas, humilde: 'Prometo'. E então pela primeira vez em muitos e muitos anos de longas noites, eu pude adormecer sorrindo, porque meu coração era puro como o de um menino".

Não coube a Braga nem a Duras legar essa história à posteridade. Para Duras, deve ter se tratado de mais um entre tantos que tiveram a alegria passageira de participar dessa operação. Para Braga, depois de tudo o que ele já havia testemunhado na Itália, tantos gestos nobres por meninos bem mais jovens do que ele, não se tratava de algo a ser relatado ou de que se gabar. Mas para a tia de Joana e para mim, que não temos sapatos grossos nem um capote, e que não andamos entre desconhecidos irmãos, Rubem Braga nos fez sentir mais livres, um pouco que seja.

Concluímos coisas

Dentre as conversas que fazem parte da nossa rotina — e é tanta sorte ter encontrado um parceiro com quem quero dividir impressões sobre o corte de uma toalha, o barulho da geladeira, o bigode de um ator e os destinos do país —, uma das que mais aguardo é a que estabelecemos diariamente antes de dormir.

Como se sabe, é considerável a quantidade de hábitos que se desenvolve nesse momento do dia, quando a idade vai aumentando. Trancam-se portas, tiram-se as chaves, verifica-se o gás, a ração da gata e da cachorra e procede-se à higiene pré-sono. Comigo são cremes, lavar os pés e é, claro, a boca. Passo o fio dental, escovo os dentes seguindo uma disciplina rigorosa, para então me dedicar ao misterioso enxaguador bucal. Não sei para que serve, talvez ninguém saiba ao certo, mas, ao menos para mim, ele adquiriu o status de indispensável. E o mesmo para ele que, se não usa o fio dental, gasta muito mais tempo escovando os dentes e bochechando com o enxaguador.

E é justamente nesses instantes que nos comunicamos tão bem.

Ele escova os dentes e passeia pelo quarto, assistindo a um resto de programa de televisão, corrigindo a posição de um travesseiro. E gesticula para mim, porque não pode falar. Eu não entendo direito e respondo. Ele continua. Eu assinto, discordo, duvido. Concluímos coisas. Ele volta para o banheiro e logo reaparece, bochechando com discrição. A fala, então, se torna impossível. Os restos de palavras, antes perceptíveis, agora viram apenas sons inarticulados. Mas não sei por quê, nossa comunicação funciona ainda melhor.

O que é mais produtivo, sem dúvida, é quando coincide de nós dois estarmos bochechando. Já decidimos muitas coisas assim. A pena é que eu bocheho só durante uns dez segundos, enquanto ele chega a ficar um minuto ou mais. Se eu adquirir o hábito saudável de manter o enxaguador por mais tempo na boca, será ótimo. Vamos poder tratar de muitas outras coisas importantes, daquelas que esquecemos, ou não temos coragem de mencionar, por exemplo, na hora do almoço.

Velas

Perde-se no tempo a origem dos barcos a vela. Os mais antigos de que se tem notícia datam de quatro mil anos antes de Cristo, e resquícios ou registros foram encontrados em muitas partes do planeta, no Pacífico, no Índico, no Mediterrâneo ou no Mar do Norte.

Dentre as muitas tarefas para manter uma embarcação a vela — a limpeza, a mastreação, o cuidado com a quilha, o pastilhão, o leme, as manobras, o treinamento, a alimentação, o conhecimento das estrelas —, a dobra eficiente e rápida das velas é uma das mais necessárias para o ofício de um marinheiro.

Não é um trabalho fácil. Nas embarcações mais antigas, especialmente, havia tantas velas, seus formatos eram tão variados e a necessidade de manejá-las ao longo de uma viagem tão essencial, que o cuidado com sua dobra era habilidade fundamental para uma navegação eficaz. Ser um marinheiro capaz, na Antiguidade, era ter a vida garantida, com comida e abrigo para sempre. Os mestres na arte da dobra dos velames tornavam-se pessoas respeitadas, quando navegar já não lhes era mais possível e faltavam ao seu corpo forças para continuar dobrando.

Não espanta, por isso, que tanto se tenha cantado e elogiado o marinheiro e as embarcações:

Manobra o Timoneiro, a nave se desloca,
E sem nenhuma aragem;
Os marujos se põem a trabalhar nas cordas,
E tal como antes agem;
Instrumentos sem vida tornam-se seus membros... (Coleridge)

Vela de seda e cordas de sândalo
Tais como brilham no antigo folclore;
E o canto dos marinheiros,
E a resposta que vem da costa!... (Longfellow — tradução livre)

Ó Capitão! Meu capitão! Nossa terrível viagem se cumpriu,
O Navio cruzou tormentas, é nosso o prêmio pio,
O porto vê-se ao perto — os sinos dobram, o povo espera,
Olhos que à quilha firme tornam, desta nave forte e fera;
Mas ó coração, coração!
Ó gotas de vermelho brio,
No convés em que ele dorme,
Deitado morto e frio. (Walt Whitman)

Ou, em Portugal, do mar que, saudoso, pergunta pelo marinheiro que foi para a Terra:

E o espírito do mar pergunta:
— Que é feito daquele
Para quem eu guardava um reino puro

De espaços e vazios
De ondas brancas e fundas
e de verde vazio? (Sophia de Mello Breyner Andresen)

O desenrolar da história se dá não pelas vitórias dos imperadores, pelos acordos entre grandes estirpes ou pelas derrotas sofridas pelos menos afortunados, mas a partir dos botões bem ou mal costurados urdidos em noites insones, o grude mais ou menos eficaz dos lacres, as pernas dos mensageiros e as velas mais ou menos bem dobradas pelos marinheiros. Disso dependia a rapidez com que os barcos singravam os mares e, no final das contas, a vitória na batalha, uma transação comercial, o transporte de bens e da princesa prometida.

Entretanto, embora o ofício tenha sido tão cantado, pouco se sabe — ou talvez nada — sobre a relação entre alguns termos do vocabulário especificamente ligado à dobra das velas e algumas palavras importantes de nosso léxico atual.

O encontro consonantal "pl", cujo som lembra o de um "plic", "plic" ou o da manipulação de algo macio — e que também pode ser substituído por "fl" —, acabou resultando, em várias línguas, em palavras que remetem ao ato de dobrar: *plier*, em francês; *plesti*, em eslavo; *plekein*, em grego; ou *fletir*, em português. E era justamente esse um dos gestos mais importantes dos marinheiros, *"plier les voiles"*, dobrar as velas. As instruções para esse exercício precisavam ser claras e rápidas, ditas com as palavras mais incisivas possíveis. E foi daí que vieram os gritos urgentes durante as tempestades da história da navegação:

— Simplificar!
— Explicar!
— Complicar!

— Duplicar!

— Aplicar!

Ou, traduzindo: *igualar as dobras!*; *tirar as dobras!*; *aumentar as dobras!*; *dobrar mais uma vez* ou, mais singelamente, apenas *dobrar!*

Mas disso ninguém sabe e usam-se essas palavras com significados filosóficos ou abstratos, como se a filosofia, coitada, fosse mais importante do que a dobra das velas.

Não espere ser caçado

Em visita de férias à França, em 1957, então com 71 anos, Manuel Bandeira conseguiu finalmente conhecer Samuel Beckett, cuja literatura o intrigava desde que lera *Molloy*, em 1951, no original em francês. Acompanhava-o Gala, de quem o poeta ficara amigo em Clavadel, quase quarenta anos antes. Gala tinha um encontro marcado com Beckett; combinara um jantar naquela noite fresca de maio.

O que espantara Bandeira, em *Molloy*, fora a frase: "Não espere ser caçado para se esconder". O poeta tinha notícias de como Beckett atuara bravamente na resistência francesa e essa frase o incomodava.

"Não concordo que Molloy quisesse se esconder. Moran estava condenado a caçá-lo e nunca o encontraria — Molloy escondendo-se ou não. Sei que você vai dizer que toda a sua obra é contraditória e que esse absurdo faz parte da linguagem do livro. Mesmo assim, não me convenço. Esse não deveria ser o mote de Molloy."

Beckett assustou-se. Gostara do brasileiro, vinte anos mais velho, que vinha de longe lhe reclamar um suposto disparate. Quem era esse Manuel Bandeira?

Gala rapidamente lhe traduziu alguns versos do poeta. Ser como o rio que deflui, silencioso dentro da noite. Andorinha, andorinha, minha cantiga é mais triste, passei o dia à toa, à toa. Explicou-lhe que, de certa forma, seus versos se pareciam com os de Emily Dickinson e que o português soava como uma língua intensa e ao mesmo tempo calma, muito diferente da tensão e escuridão do francês ou do inglês. Beckett conhecia um pouco. Tinha dois grandes amigos portugueses.

Concordo. Molloy, mesmo enlouquecido, não poderia dizer que preferia esconder-se. Ele podia ser tudo, mas não covarde.

Foi com base nessa conversa, depois relatada por Bandeira a seu amigo Evaristo Cintra, que o poeta escreveu, alguns anos mais tarde:

Quando a indesejada das gentes chegar
(*Não sei se dura ou caroável*),
Talvez eu tenha medo.
Talvez sorria, ou diga:
— *Alô, iniludível!*
O meu dia foi bom, pode a noite descer.
(*A noite com os seus sortilégios.*)
Encontrará lavrado o campo, a casa limpa,
A mesa posta,
Com cada coisa em seu lugar.

"tinha é que morrer mais", "tinha era que ter uma chacina por semana", um disse, e se no início era o verbo, era-o também no fim, porque se fez a escuridão e deus viu que era bom, dia último. e os homens e mulheres olharam para trás e todos se transformaram em estátuas de sal, para sempre imobilizados e inteiros, sem que o ar nem a umidade nem as bactérias jamais pudessem afetá-los para que os seres do futuro os vissem no estado em que foram estancados: boquiabertos e nus, atravessados os olhos por um estupor tardio, que não pode, no tempo necessário, fazer o que quis, não fazer o que pode.

Eles

Não farejam, eles. E ouvem mal, quase nada. Enxergam coisas estranhas e, quando olham no espelho, pensam ver o reflexo de si e não outra criatura. Andam com a cabeça no ar, sem quase nunca encostá-la em nada, a não ser em casos de necessidade ou fraqueza, quando se recostam em ombros ou paredes. Não sabem encostar o queixo no chão e mal percebem a terra que lhes dá suporte. Como poderiam farejar as coisas, enfiados que estão com o nariz no nada? Por isso não sentem a chuva chegando e apoiam-se em nossos barulhos para se preparar para ela, dizendo que nós a antecipamos. Dizem muitas coisas, aliás, semelhantes a essa — antecipar. Não escutam muito bem nossas vozes, só ligeiras diferenças. Não ouvem quando dizemos de uma falta, de uma doença, da luz de uma campina distante. Os mais sensíveis percebem apenas quando queremos atenção, comida, sair ou nos divertir com nossos pares. Tudo porque só conseguem ouvir o que se pronuncia; pensam em sílabas. Ouvem coisas articuladas e, por isso, só entendem o que se pensa, uma invenção que eles acreditam fazer sentido. Dizem, aliás, que nós não pensamos — embora alguns até admitam que sim. Mas o que é isso de pensar? Eles mesmos mal sabem, incapazes que são de discriminar o pensamento da própria linguagem. Pensar é estar doente dos olhos, disse um deles. Outro achava que existia simplesmente por afirmar que pensava. Pensar, a maioria deles diz, é exercer o raciocínio lógico; é a capacidade de julgar; é o processo pelo qual a consciência apreende ou reconhece as coisas e delas forma conceitos. Definições que só reproduzem labirinticamente o próprio pensamento, ou o que eles acham que isso seja. Dizem-se pensantes e, por essa razão, creem-se superiores. Pois pensar, ouvi de um deles, é derivado de pesar e vem da necessidade de conhecer o peso das mercadorias. Ou seja, é só uma urgência econômica, como tudo o que eles fazem. Mas se pensar é pesar, quem pesa mais e melhor? Quem sabe reconhecer os passos de um gato, uma raposa, um rato, até de uma formiga, ou de uma entre muitas pessoas? Quem ouve o peso da água, do ar, da terra que se mexe? Quem mede o peso para o salto, para a queda, para a caça? Em quem eles confiam para arrebanhar as ovelhas, para alcançar o pato, para encontrar o buraco? Quem conhece o peso dos cheiros? E depois ainda dizem que pensam, quando mal se lembram que pensar é ter as patas (que eles chamam de mãos) sobre a terra. E é por isso que sua ideia de pensamento está ligada à cabeça e, o que é pior, ao que vai dentro dela, como se fosse possível pesar com as ideias. Ideias. Acham que é uma coisa sem substância, uma cadeia interna de palavras, e se esquecem de que sonham. Acham bonito que também nós sonhemos. Espantam-se com nossos movimentos noturnos, como mexemos as pernas em curtos espasmos, reviramos os olhos mais rápida ou lentamente. Olha como eles também sonham, dizem. Tudo o que de melhor nós fazemos, para eles, é o que os faz lembrar de si. Se entendemos uma óbvia negociação, por exemplo, que depois de comer vamos ganhar um afago ou um brinde, ficam contentes com nossa inteligência. Se os obedecemos, ficam contentes com nossa lealdade. Espelham-se nela. Imaginam que para ser tão leal como nós é preciso ter a inocência que eles creem que temos. Fomos feitos para servi-los, eles dizem. Não sabem que os servimos porque queremos, ou melhor, não entendem o que é servir.

Pensar é ter o corpo no espaço: as patas alertas, o tronco aceso, o salto em prontidão. É conhecer o chão que nos penetra pela pele e avaliar os insetos que nos habitam. É coçar a cabeça com os pés, é não diferenciar entre mãos e pés, é estar de quatro para que a coluna não precise enfrentar o sobrepeso inútil de uma bacia no ar. E aquilo que eles chamam de inocência, nossa servidão, nosso olhar atônito de entrega e amor, é nosso pensamento em ação, o gesto alegre de aproveitamento do dia, da comida, da carícia.

Mas também há os que dançam. Perdem-se de si mesmos, esquecem suas palavras e tropeçam nos degraus, abraçam-se nos sofás, não esperam de nós coisas inteligentes nem nada que os impressione. Em alguns casos, pulam. Desfeitos de alguma urgência, envolvem-se com o chão e, por pouco que seja, tornam-se horizontais, ainda que de dia. Quando se deitam, esses não se lembram mais do que queriam fazer, a distração de seu peso os faz também esquecer de pensar e nessa hora atiçam-se as mãos e os pés, que então se agitam. E eles nos abraçam, nos beijam, rolam conosco pela terra, jogam bolinhas e suas bocas e olhos, como os corpos, também se estendem na horizontal.

E ainda há aqueles que parecem também ter patas e rabos, de tanto que giram para todos os lados, divertindo-se muito nessa brincadeira. E os que têm orelhas grandes, abanadas, a barba desfeita e longa, os olhos arregalados. Esses também gostam de servir. Rodeiam-nos por todos os lados, fazendo festa e, quando chegamos, saltam exagerados. Parecem-se um pouco conosco, esses. Quanto mais tempo um deles vive com um de nós, mais chance tem de ir ficando assim, parecido. Se bem treinados, podem se esquecer das relações entre causa e consequência, chegam a desarticular alguns sons e até a falar coisas sem sílabas, cujos significados escapam a nós e inclusive a eles mesmos.

Depois de muito tempo conosco, cantam.

Salva-vidas

É verdade que todas as línguas são capazes de comunicar tudo o que lhes é necessário, o que torna absurda qualquer afirmação dizendo que uma língua é mais expressiva ou completa do que outra. Mais ainda, elas são também capazes de expressar o desnecessário, porque seus falantes inventam o inútil com os instrumentos que a língua lhes oferta: são os assim chamados poetas.

Mas cada língua tem também particularidades intraduzíveis, que dizem respeito a uma espécie de índole de seus falantes, ou vice-versa. Essas idiossincrasias e minoridades linguísticas seriam como uma reserva de reconhecimento recíproco, um salva-vidas afetivo que as palavras guardam para os seus usuários. Assim, quero declarar meu amor incondicional:

— pelos inúmeros sinônimos onomatopaicos de confusão: furdúncio, esbórnia, pandemônio, barafunda, balbúrdia, algazarra, fuzuê, algaravia, choldra, pândega, escarcéu e patuscada;

— pelas formas diminutivas e aumentativas tão próprias do português: bonitinho, casebre, cutícula, arbusto, beijoca, caixote, barbicha, filete, guerrilha, jornaleco, ilhéu, papelucho, perdigoto, nadica, bonitão, homenzarrão, corpanzil, bebaço, bocarra, fortaleza, beiçola, festança;

— pela crase, acento tão pequeno, impronunciável, mas carregado de regras indevassáveis e determinantes;

— pelas contrações e supressões, como cê, ocê, d'alva, bora, numas, c'ocê, acuma?, cadê, on'cêtá, tá;

— pelo "é nóis", o corintiano e o mais geral, comunicando solidariedade, fraternidade, um pacto tácito entre classe e língua, afirmação de que algo será mesmo feito, um acordo quase eterno e a capacidade de, pela antecipação do pronome ao verbo e pelo uso do singular no lugar do plural ("é nóis" em vez de "nóis é"), transformar a locução num substantivo;

— pelos palavrões polissêmicos, como "caralho", "puta que o pariu" e "foda" (que podem ser muito bons ou muito ruins, dependendo da circunstância);

— mas igualmente pelos não tão polissêmicos como "merda", "bosta", "fodeu" e o insubstituível "vai tomar no cu";

— pela diferença praticamente indistinguível, mas mesmo assim intuitivamente clara, entre "saudade" e "saudades";

— pela sutileza da diferença entre "aí" e "lá";

— pelo uso comum do verbo "dar" em situações linguísticas que pouco têm a ver com seu sentido: "deu-se que"; "dar certo" e "dar errado"; "as coisas "estão se dando"; "isso é uma coisa dada";

— pela transgressão da ênclise, em casos como "você viu ele?";

— por expressões idiomáticas como "tenha a santa paciência", "mas será o benedito?", "minha santa periquita do bigode loiro", "a dar com pau", "confio no meu taco", "do balacobaco", "comer bola", "dar no pé";

— pelas palavras "alhures", "algures" e, acima de muitas outras coisas na vida, "nenhures";

— pelos inúmeros sinônimos de intervalo: interlúdio, interregno, entrementes, ínterim, entremeio, lapso, intermissão, hiato, interstício, entreato;

— pelos inúmeros sinônimos de fresta, todos muito semelhantes entre si: furo, frincha, brecha, fissura, fenda, sulco, greta, racha;

— pelas palavras com som em "u" que remetem à morte: fúnebre, viúva, gruta, túmulo, soturno, noturno, obscuro, túnel, lúgubre;

— pelas expressões "necas de pitibiriba" e "bulhufas";

— por algumas palavras condenadas ao ostracismo, como "outrossim" e "consoante";

— pela mistura do registro formal e informal, como em "escrutínio cabeludo", "tenacidade danada", "contundência da porra";

— por frases que dizem muito com apenas uma palavra, como "ô", "é" e "sei";

— pelas quase infinitas formas de se grafar o som "s": "s", "ss", "sc", "sç", "x", "xc", "xs", "ç";

— pela ênfase emprestada pelo verbo "ser" quando posposto ao verbo: "pensei foi nela"; "quis foi uma bela de uma feijoada";

— pelos incessantes abrasileiramentos de palavras estrangeiras, como "sutiã", "xis-tudo", "zap zap", "tutu", "petipoá", "xampu";

— pelas palavras derivadas de línguas indígenas, como bauru, catapora, pipoca, toró, açucena, caçula, caipira;

— pelos nomes das frutas do Norte e do Nordeste que, de tão desconhecidas para quem é do Sul, soam quase etéreas: umbu, seriguela, cajá, murici, pitomba, ingá, jatobá, araticum, sapoti;

— pelas palavras duplas e repetidas: quero-quero, reco-reco, corre-corre, pisca-pisca, pega-pega, tico-tico, teco-teco;

— pelos coletivos e adjetivos raros: lacustre, asinino, hircino, ígneo, cúprico, ebúrneo, plúmbeo, cáfila, panapaná, trompa, vara, souto, penca;

— pelos verbos haver e fazer que, com sentido de existência e de tempo, só podem ser usados no singular: "faz dois anos" e "houve muitas guerras";

— pelos verbos de ligação que, mesmo servindo somente para ligar, são os mais significativos da língua: ter, estar, haver, permanecer, ser, parecer;

— pelas orações subordinadas substantivas derivadas de infinitivo: "é pouco provável existir vida em outro planeta";

— pela diferença entre infinito e infinitesimal, um para a grandeza e outro para a pequenez;

— pela oração sem sujeito, que não sei se existe em outras línguas: "chove";

— pelas especificidades dos porquês: por que, porque, por quê, porquê;

— pelas proparoxítonas, todas acentuadas;

— pelas palavras compostas por aglutinação: destarte, cabisbaixo, vinagre, pernalta, fidalgo;

— pelos muitos sinônimos, cheios de particularidades, do verbo olhar: ver, enxergar, mirar, fitar, encarar, vislumbrar, contemplar, avistar, entrever, observar, descortinar, avistar, distinguir, divisar, assistir, testemunhar, reparar, notar, espiar, espionar, verificar, averiguar, esquadrinhar.

Cada lembrança de uma particularidade remete a outra, que imediatamente lembra outra, e quase vou chegando à utopia de uma língua primeira, capaz de, só por suas especificidades, promover a paz, senão no mundo inteiro, ao menos entre todos os diferentes grupos ideológicos, sociais, religiosos, étnicos que habitam o Brasil, já que, vejam só, compartilhamos juntos tanta beleza, mas não, não é nada disso, a utopia instantaneamente se rende ao pragmatismo e volto ao rame-rame, em que sou obrigada a falar "oi, tudo bem?", "como está quente hoje" ou "o dólar caiu". Mesmo assim, nos minutos de distração do trabalho, quando me esqueço do que preciso ou do que devo, retorno às quinas da língua e fico lá, apaixonada por "contraparente", "acrimônia", "eflúvio" e "jaez" e até por "opróbrio" e "clistarcíceo", que não existe, mas, para aumentar minha obsessão, bem que poderia.

Migalhas

Dédalo o havia advertido claramente, dito e repetido dezenas de vezes: "Põe-te a meia altura, meu Ícaro, nem muito perto do mar nem próximo do sol. Nem tão perto do mar que as asas te pesem, nem tão perto do sol que derretam. Não te ponhas a contemplar Bootes ou a Hélice ou a espada desembainhada de Órion". Mas o filho começa a achar gozo no audacioso voo e, arrastado pelo fascínio do céu, segue para as alturas, para de lá cair, restando ao pai apenas a visão das penas que abundam sobre as águas.

Solitário e impotente, só lhe cabe prosseguir em seu voo rumo à Sicília, o destino planejado. Ao aterrissar, Dédalo é festejado por todos, uns maravilhados e outros temerosos com o voo humano, coisa jamais antes vista. Dédalo desfaz-se rapidamente das asas, larga-as de qualquer jeito e ainda faz menção de chutá-las, porém contém-se, ele que é o mestre do avanço calculado. Mas não resiste a xingá-las: "Malditas asas, maldita cera, maldito engenho humano". E desata a soltar disparates contra si mesmo, contra o rei Minos, o minotauro, Ariadne, sem que ninguém entenda do que se trata nem o porquê daquela raiva desmedida.

Tirésias, que, não se sabe como, surge inopinadamente nas mais desencontradas tragédias e mitos, abusando de qualquer nexo narrativo, por acaso também está no meio da multidão, que testemunha tanto o milagre do voo e aterrissagem do arquiteto como seu irado desabafo. E, como não podia deixar de ser, aproxima-se dele, caminhando por entre os curiosos, que respeitosamente lhe abrem passagem, enquanto perguntam ao velho sábio o motivo de tamanha cólera. Dédalo, que já o conhecia como mediador da discussão entre Zeus e Hera, como vidente em Ulisses e também por sua participação em *Édipo rei*, não pode deixar de assustar-se com sua presença ali, pois o engenheiro não se considera à altura de tão ilustre visita.

E narra tudo ao cego. O labirinto, a prisão, o projeto e a construção das asas, suas repetidas advertências ao filho, o voo vaidoso de Ícaro e a consequente queda. Tudo entremeado de imprecações dirigidas a todos os deuses, aos homens, mas principalmente a si mesmo.

— Você maldiz a todos, compreensivelmente. Afinal, perdeu seu filho amado sobre todas as coisas. Mas não enxerga o único verdadeiro culpado, que é ele próprio, cego em sua desmedida, perdido por sua húbris.

— Um minuto, Tirésias. Você me critica por não enxergar o culpado, meu filho, Ícaro, cego de vaidade, mas o único cego aqui é você mesmo. Desculpe se o desrespeito, sei que você é importante e tem boas relações com os principais deuses do Olimpo, mas não posso deixar de dizê-lo.

— Você já deveria saber, a essa altura do campeonato e da história, que é justamente minha cegueira que me permite enxergar além de todos vocês, ofuscados que estão pela visão apenas superficial de todas as coisas. Pois não ver a luz é a única forma de enxergar o que se passa na escuridão das almas e, acima de tudo, o que nelas transcorre é seu maior problema, o que desgraça a todos: a desmedida. Quem não se recusa a ver as sombras sabe que no fundo do coração de todos os seres mora ela, a soberba. Não há criatura que escape a isso, e Ícaro, talvez pela juventude, talvez pela proximidade do sol, que o seduziu, perdeu o sentido capaz de nos afastar da presunção, a moderação, que só se pratica através do pensamento reto e contido.

— Mas como você consegue continuar repetindo essa ladainha, mito atrás de mito, tragédia atrás de tragédia? Não percebe que esse é o destino de todos os heróis, em todas elas? Desafiar o lote programado pelos deuses para nós, pobres mortais, e terminar sendo punidos com toda a crueldade do mundo, por quererem, ainda que às vezes inadvertidamente, igualar-se a eles? Você não entende que isso é soberba e ciúme, mas da parte dos deuses, que pregam a moderação para que nós, humanos, não possamos obter os mesmos prazeres, sentir o mesmo êxtase que eles, restando a nós apenas moderar, moderar, moderar? Ah, para o daemon que o carregue com tanta moderação. Você não se cansa de dizer sempre a mesma coisa? Será que ao longo de todos esses anos, quer dizer, milênios, não aprendeu alguma coisa nova?

— Não. Não me canso com a mesmidão de tudo, pois é também o destino da humanidade repetir-se. E, sim, você tem razão quando fala dos deuses, cuja maior diversão é mesmo observar as travessuras humanas e jactar-se da sua incapacidade em aprender. Eles sabem que vocês não vão se cansar de desafiá-los e eles não se cansarão de puni-los.

Mas o que têm vocês com isso? Essa é uma questão puramente divina. O problema humano, a falta de moderação, é só seu e posso lhe garantir, quanto mais a praticarem, mais próximos vocês estarão do que chamam de felicidade, a maior entre todas as imoderações.

— Mas quem me garante que Ícaro não foi feliz em sua contemplação tão próxima do sol? Como posso saber se esse prazer intenso, ainda que fugaz, não foi maior e melhor do que toda uma vida moderada? E por que não podem os deuses divertir-se com outras coisas? A medida pode ser necessária para meu trabalho, a engenharia, mas para a vida é preciso que haja o que eu chamaria de instâncias de perdição e de erro; a vida, como você já deveria saber, é feita de luz e escuridão e ninguém consegue suportar somente a meia-luz. Dane-se sua filosofia de cego que enxerga. Quero ver aqui mesmo, em meio à luz. Quero ver o que viu meu filho, quero morrer por ele e, como ele, aproximar-me do que parece impossível. Ou será que não só ele, mas também eu estou sendo punido por ter voado, por ter atingido o que somente os deuses sabem fazer? Chega de tanta inveja. O que eles temem, que nós os superemos em inteligência e, por isso, recomendam-nos tanta mornidão? Pois vá para o inferno, Tirésias, você e todos os seus mitos.

Dédalo deixou o sábio ali, falando sozinho, tentando argumentar. Desgovernou-se solitário em sua imprudência, sem redenção possível, pelos caminhos da Sicília, da Ática e da Beócia, sem jamais voltar a usar as malditas asas. Entretanto, sem que percebesse, foi deixando cair, por entre frestas imperceptíveis de seus novos inventos, migalhas de desproporção e ousadia que, mais tarde, seriam fartamente usadas por outros heróis, como Ahab, Quixote e Pantagruel.

Veja bem

se não, vejamos:

— mais vale um pássaro na mão do que dois voando;
— deus ajuda quem cedo madruga;
— é melhor prevenir do que remediar;
— em boca fechada não entra mosca;
— o seguro morreu de velho;

claro, é por isso que, entre outras coisas, é melhor:

— garantir a vaga do estacionamento antes que alguém pegue;
— ensinar as crianças a não passar cola;
— cuidar somente dos seus problemas;
— não se meter onde não é chamado;
— lavar as mãos;
— sempre desconfiar, em vez de confiar;
— dormir com um olho só;

se não, veja bem, não é que eu não confie nas pessoas nem nada disso, mas nunca se sabe e, depois:

— quem é bom para os outros é ruim para si;
— em rio que tem piranha, jacaré nada de costas;
— quem ri por último ri melhor;
— cada um por si e deus por todos;
— melhor um pardal na mão do que um pombo no telhado;

por isso que eu sempre digo, se alguém me pergunta:

— olha, não sei não. não posso dizer. não sei nada sobre isso aí.

porque se eu falo alguma coisa, já viu, posso me comprometer e o pessoal, você sabe, aproveita e:

— a gente dá a mão, já querem o braço;
— dia de muito, véspera de pouco;
— falar é prata, mas calar é ouro;
— amigos, amigos, negócios à parte;

por isso que, olha, pode ser meu amigo, pode tudo, mas emprestar eu não empresto não. não misturo as coisas, sabe? que ser amigo, tudo bem, mas,

— não existe almoço grátis;
— quem canta de graça é galo;

e, se quiser desfazer a amizade, que desfaça. coisa minha que eu lutei por ela, não vou ficar dividindo com os outros. a não ser com a família, que é sagrada. mas também depende, mesmo sendo família, tem que respeitar. porque só vale mesmo é aquilo pelo qual se lutou, porque:

— é de grão em grão que a galinha enche o papo

e

— quem sai aos seus não degenera.

o senhor me entende, não é?
se não, vejamos.

Sonhos

1) Na primeira noite, Laura sonhou com o forno de micro-ondas. Uma lasanha gigantesca engolia o forno e Laura apressava-se para salvá-lo, tentava arrancá-lo de dentro do queijo derretido, mas quanto mais ela se esforçava, mais o forno parecia consumir-se inteiro para o lado de dentro da massa. Ele acabou finalmente imerso dentro daquela gosma paquidérmica, mas logo em seguida a lasanha assentou-se calmamente no prato disposto sobre a mesa, parecendo apetitosa e pronta para ser comida. Jonas e Claudio já estavam sentados, com cara de fome, e só aguardavam Laura se sentar para começar a comer. Ninguém reparou nos seus cabelos sujos, em como ela estava suada e perturbada e nem em como o forno de micro-ondas tinha subitamente desaparecido. Laura queria dizer a todos que não poderia servi-los, a lasanha estava estragada, contaminada, não sei, não tenho como dizer, será que se trata de um sonho?, mas não, era tudo tão real, Jonas e Claudio ali, sentados, era tudo verdade, e eles pediam, mãe, você não vem?

Ela esqueceu do sonho durante o dia e só veio se lembrar dele à noite, enquanto passava o creme em volta dos olhos tomados por pés de galinha.

2) Na segunda noite, o sonho foi menos esquisito e inteiramente verossímil. Laura costurava uma meia; ou melhor, cerzia. Ela era exímia costureira e conhecia as técnicas mais antigas de reparo de roupas usadas — isso na realidade, é claro. Mas o ovo que apoiava a meia, para que o cerzido saísse perfeito, insistia em escapar da sua mão. Escorregava, escapulia para os lados e Laura temeu que ele se quebrasse. Tirou o ovo de dentro da meia e continuou cerzindo-a sem ele. Achou que estivesse nervosa naquele dia e que, por isso, suas mãos não estivessem muito firmes. Mas dessa vez era a agulha que entrava nos furos errados ou a linha que desfiava e Laura não conseguia achar o ponto certo do cerzimento. O resultado final ficou muito aquém do costumeiro e Laura amassou a meia, insatisfeita. Onde já se vira um serviço daqueles, tão indigno dela? O que diria sua mãe? É bem provável que Jonas nem repararia, ele era um desligado e, por ele, até compraria meias novas. Mas era ela mesma quem não admitia um trabalho tão malfeito.

Laura acordou rindo. Que bobagem. Sonhar com cerzimento de meias. Um verdadeiro desperdício da imaginação. Mas é cada uma.

3) O sonho da terceira noite foi mais divertido. Ou melhor, foi realmente bem divertido. Claudio, Jonas e Laura iam a um parque de diversões; um daqueles aparentemente antigos e simples, sem muito aparato tecnológico, localizado no final de uma praia deserta e não muito bonita. Algo como São Vicente ou a Praia Grande, onde eles um dia tiveram um apartamento. Os dois a convenciam a subir

com eles na roda-gigante, mas Laura teimava que não, tinha medo, e eles a levavam pelos braços, diziam não se preocupe, mãe, não se preocupe, querida, nós vamos protegê-la, já estamos acostumados ao perigo e sempre ficaremos ao seu lado. Ela dizia que não cabiam três pessoas no carrinho, mas eles insistiam, dizendo que já tinham conversado com o dono do parque, que ele abriria uma exceção. Laura respondia que isso era ainda mais perigoso e que não se deviam abrir exceções em questões de segurança. No final, eles acabaram convencendo-a e, mesmo com muito medo, mesmo com a roda-gigante parando bem lá no alto, Laura se divertiu muito e sorria aos dois, agradecida. Não era tão perigoso assim e, se não fosse por eles, nunca teria tido essa experiência. Saindo da roda, não se sabe como, o parque desaparecia e só restava ela, Laura e a praia, vazia.

Ao acordar, Laura suspirou.

4) Na quarta noite, antes de adormecer, Laura rezou e pediu que não sonhasse dessa vez. Ela não era mulher de sonhos e queria descansar. Seus dias não eram dos mais fáceis, embora ela reconhecesse como era privilegiada, sempre provida de tudo o que precisava, sem luxos, é claro, mas sem nenhuma carência. Agora, que os sonhos por favor a deixassem em paz e que Deus a resguardasse ali, ela já tinha tido trabalho suficiente durante o dia. Mas foi mal ela dar um beijo na testa de Jonas e fechar os olhos, e logo surgiram as brotoejas espalhadas em todo o seu corpo. Pequeninas, como as de uma joaninha, quando próximas dos dedos dos pés, mas aumentando de tamanho proporcionalmente, à medida que subiam pelas pernas, até parecerem botões vermelhos, mais próximas do ventre. Elas avançavam para dentro do corpo, ocupavam a genitália e Laura conseguia enxergar os órgãos todos pintados: o útero, os

ovários, o estômago e a parte interna dos seios, toda sarapintada de rosa, bolas rosas enormes que inchavam e pareciam ameaçar implodi-la, como se ela fosse estourar. Laura acordou assustada, querendo gritar, olhou rápido para Jonas, que continuava dormindo, ainda segurou no seu braço, pensou em talvez acordá-lo, mas não iria perturbá-lo por causa disso e, além do mais, ele não a entenderia e ela nem saberia explicar direito. Não era motivo para tanto. Um sonho ruim, como tantos que todos têm de vez em quando.

5) Na quinta noite, depois de um dia desassossegado, Laura buscou uma cápsula na gaveta de Jonas e não encontrou. Ela lembrava de tê-lo visto tomando algum calmante tempos atrás. O jantar tinha saído errado, o suflê murchara e não é bem que Jonas reclamara, porque não era disso, mas não entendera direito o que acontecia, Claudio também perguntou se ela estava passando bem, ela nunca errava o ponto das coisas e, mesmo de manhã, o copo do achocolatado foi diferente, não era aquele com o distintivo do time. Foi até a geladeira e tomou dois copos de suco de maracujá, ainda buscou um livro velho, do tempo do colégio, acendeu o abajur quando Jonas já ressonava e adormeceu enquanto lia. Sonhou um sonho tranquilo. Era velha, bem velha mesmo, e andava pela rua com dificuldade. Claudio, já adulto, e Jonas ao seu lado, acenavam de longe, chamando-a. Porém, quanto mais ela caminhava, mais eles pareciam distanciar-se. A sensação é de que ela chegaria e eles sorriam, esperando-a. Ela não se deixava perturbar pela distância crescente e continuava. Sabia que não os alcançaria, mas era assim mesmo.

6) Laura tinha telefonado a Selma. Entendia de sonhos? Por que essa sucessão ininterrupta, todas as noites? E o que poderiam significar? Por que sempre Jonas e Clau-

dio? Será que iria acontecer alguma coisa? Era premonição? Nesse dia nem conseguiu lavar a roupa, estendê-la no varal, deixar o feijão de molho. Confundiu-se toda e, dessa vez, não era que Jonas e Claudio perdessem a paciência, nunca a desrespeitariam, mas a desordem os perturbou. Jonas até desistiu de ler o jornal e ficou trancado mais tempo no banheiro, enquanto Claudio resolveu que iria sair com os amigos. Laura tomou uma decisão. Nessa noite não sonharia com nada. Foi até o armário da sala e virou, rápida, meio copo de conhaque, ela que não bebia. Depois encontraria alguma explicação para dar a Jonas. Na sexta noite, Laura sonhou com Alberto, que voltava da sapataria e lhe entregava um maço de flores roxas. Laura agradecia, emocionada, mas dentro do maço havia um rato, morto. Ela acordou, suada, gritando. Jonas e Claudio nem assim acordaram.

7) Na sétima noite, Laura estava em ponto de desespero. Não podia continuar desse jeito. O que ela estava fazendo de errado? Nada, uma revista feminina dizia. Isso era normal naquela idade, talvez fosse algum problema novo, alguma lembrança, não era fácil diagnosticar. Tudo logo voltaria ao normal. Ela ficou um pouco mais aliviada e fez o prato que os meninos gostavam: carne de panela. E uma sobremesa boa também. Na sétima noite, Laura sonhou que espancava uma costela até que ela se arrebentasse toda. Depois enterrava as partes na terra, bem fundo, sujando as mãos de barro e carne, as unhas cheias de sujeira avermelhada. Ela se empapava do cheiro da mistura, deitava sobre o buraco e se embriagava de umidade e calor.

8) No oitavo dia, Laura fumou um cigarro, escondida. Dois. Saiu cedo de casa, antes que o marido e o filho acordassem. Era um sábado e nem Claudio ia à escola nem Jonas trabalharia. Ficou olhando o céu nublado, a quaresmeira

ainda não florida. Encontrou uma vizinha, cumprimentou-a e até sorriu. Era bom aqui, do lado de fora, pensou. Foi até a padaria e comprou dois pãezinhos. Melhor, resolveu comer uma média e um pão com manteiga na chapa. Ficou olhando as pessoas, algumas caminhando calmas na rua. É claro, era sábado. Tão cedo ainda, e o trânsito, mesmo hoje, já começando a ficar agitado. Voltaria para casa com o jornal, daria para Jonas ler logo cedo. Levaria pães frescos para Claudio. Claudio. Já tão grande, um homem, quase.

O que ela poderia ainda ensinar a ele? Será que um dia havia ensinado algo a alguém? Sim, ele tinha bons modos, era um menino educado, inteligente, bom aluno, um menino normal e isso se devia a ela. A ela e a Jonas, claro.

Chegando em casa, tirou os sapatos e andou um pouco descalça pela cozinha. Como era gelado o piso assim, sem proteção. Jonas ainda dormia. Depositou o troco sobre a mesinha do telefone, alcançou os chinelos e sentou-se, calma, na poltrona de Jonas. Ficou piscando os olhos seguidamente e lembrou de um tio que, antigamente, dizia que a vida passa num piscar de olhos. Tão rápido piscar. Será que há algo mais rápido do que isso?

Jonas, rápido, acorde, você sabe de alguma coisa mais veloz do que os olhos piscando? Sabe a velocidade do batimento das asas de uma andorinha? Já viu um cabelo crescendo? Jonas, você não acha que eu sou mesmo uma querida?

Sobre meu ombro

Que lógica, afinal, há na memória? Lembramos de muita coisa quando queremos, e grande parte de nossa vida se baseia nisso. Mas também lembramos do que não queremos, do que nos faz mal, de coisas desimportantes e esquecemos do que gostamos, do que nos fez bem, de algo de que precisaríamos com urgência. E nem falo dos efeitos mais compreensíveis da idade, que, como com todo o resto, também agem sobre a lembrança e o esquecimento. O contrassenso é total, quando penso, por exemplo, que, aos cinquenta e cinco anos — idade para já se esquecer, ao abrir a geladeira, o que é que se foi pegar lá —, esqueço do nome de uma de minhas primas mais queridas, e, por outro lado, lembro dos nomes de todos os jogadores da seleção de 74, time de pouca importância e no qual eu mal prestei atenção. Por que lembro desses nomes? O que faz com que minha memória traga coisas que não me dizem respeito, não me dizem mesmo nada, não têm relação com algo que me traumatizou, nada absolutamente? Teria a memória também a função de fixar amenidades, simplesmente porque sim, porque, como o espancador de Kafka, cuja tarefa é só espancar, a memória lembra assim, à toa, só por lembrar?

Se não fosse assim, por que esqueço de como era o braço de meu pai sobre meu ombro, mas lembro de sua camisa para fora da calça; da coca-cola que ele bebia inteira, direto do gargalo da garrafa, num único gole, e que eu olhava admirada e invejosa; do sorvete Ki-Show que nós comíamos juntos e escondidos de minha mãe no boteco da esquina de casa; da linguiça que devorávamos na rua São Bento, ele que não podia comer carne de porco; do elástico de borracha que envolvia o maço de dinheiro que ele guardava no bolso lateral da calça de tergal; do caranguejo de plástico que ele comprava no centro da cidade e punha sem ninguém ver no sofá de casa para que, quando eu voltasse da escola, sem dar pela coisa, me assustasse e eu na verdade não me assustava, mas fingia que sim para agradá-lo; do contorno de seu nariz enorme que eu desenhei com a mão quando o vi morto sob um lençol; do momento em que eu disse que não gostava dele e ele saiu desembestado pela rua, dizendo que tinha criado um monstro e eu indo atrás me desculpando, pai, pelo amor de Deus, pai, me desculpe, não foi isso o que eu quis dizer, só desabafei; de quando eu ia junto com ele ao banco na rua da Graça e ria porque ele fazia contas em voz alta e porque "vezes" em iugoslavo se diz "puta" e ele falava: "tri puta tri puta dva"; de como ele me agarrava pelas mãos, quando eu era bem pequena, na praia, e me lançava por baixo de suas pernas ou por cima dos ombros; de quando implorava que eu fosse para o mar junto com ele, porque afinal o mar é que era a melhor terapia, e que eu parasse de frequentar o psicólogo, porque nada se resolvia falando; de como o filme que ele mais amava na vida era *Horizonte perdido*, e que Shangri-lá, sim, é que era o lugar perfeito e não esse país ridículo onde vivíamos; de como ele admirava tanto Jânio Quadros como Fidel Castro porque ambos eram seguros do que diziam e realmente se interessavam pelo povo; de como ele era a favor de uma ditadura do proletariado; como ele queria ser "ou guarda de trânsito ou presidente da República ou um milionário da fundição, igual ao Antônio Ermírio de Moraes"; como ele achava que os grandes males do século xx tinham sido "a empregada doméstica, a pílula anticoncepcional e a televisão"; da forma nostálgica e sensual como ele admirava as pernas da Elba Ramalho; da caneta Bic que ele mantinha sempre no bolso da camisa como se fosse uma Mont Blanc, não permitindo que ninguém a pegasse emprestado; como ele chamava os funcionários de sua pequena fábrica de "Ilustre!"; como ele pedia que eu lhe desse um beijo na bochecha, dizendo "aplica"; como ele gostava de bife com batatas fritas e só pedia esse único prato em todos os restaurantes aonde íamos, fosse na churrascaria mais cara da cidade ou na cantina do bairro; como ele conversava com os mendigos da rua, que frequentavam sua mesa e a quem ele dava mesadas ou semanadas regulares; como ele me dizia "conta alguma coisa, para de estudar um pouco e vem conversar com o teu pai"; como ele perguntava para todos os amigos que chegavam em casa: "que acha da conjuntura política e econômica internacional?"; como ele odiava borrachudos e largou uma casa alugada por um mês em Ilhabela depois de apenas dois dias, por causa deles; como ele e minha mãe sempre pediam os mesmos sabores de sorvete no Alaska, limão e pistache; como ele não gostava de viajar porque dizia que em todas as cidades se vê sempre a mesma coisa: igrejas, monumentos e museus;

como ele se trancava com o primeiro neto em seu quarto, pendurando do lado de fora da porta um aviso "não perturbe", e ficava por mais de quatro, cinco horas brincando com ele; de como quando, ao ser advertido por mim sobre a grande quantidade de brinquedos que ele comprava para esse neto e de como isso podia fazer mal ao menino, ele respondeu, mas se ele fica feliz, e então eu fico também, qual é o problema?; como ele se orgulhava, nas cartas que escrevia aos clientes, de usar a palavra "referente", porque a considerava uma palavra chique; como ele fingia ter um caso com uma de suas costureiras, ou talvez tivesse mesmo; como ele me pedia que apertasse a cabeça dele, que sempre doía, e quando eu apertava, ele dizia, "ai de ió", que eu nunca quis saber o que quer dizer, mas intuitivamente sabia.

Mas de seu braço, que, tenho certeza, ele colocava sobre meu ombro, com aquela sua mão grande, a sensação desse peso leve e quente eu não consigo lembrar.

<3 <3 <3

No Facebook, ela disse que considerava insultuosa a frase "eu te amo". Ela justificou sua impressão de forma sensata e até profunda, sem ofensas. Argumentou que, em primeiro lugar, dizer uma frase como essa de maneira banal, sem prestar maior atenção no seu conteúdo, é passar levianamente por cima do peso e do poder da linguagem e que, subliminarmente, existem nela índices de extremo autoritarismo. Para começar, como se pode saber quem e o que é o "eu"? Como dizer, assim, de forma naturalizada, um pronome que contém um mistério epistemológico, psíquico e filosófico, para não dizer estético? E, além do mais, como acoplar essa palavra, já em si indevassável, a uma outra, em tudo preciosa, como "amo"? Afinal, quem sabe o que é o amor? São séculos e séculos na tentativa de defini-lo, além de todas as determinações superestruturais a ele ligadas, como questões de ordem financeira, moral, familiar, sócio-história etc. etc. etc., para alguém agora, em pleno século XXI, vir querer dizer, como se nada tivesse acontecido, "eu amo", sem pensar nas causas e nas consequências envolvidas? E, para coroar a irresponsabilidade da frase, tida como "normal" em todos os ambientes, desde o supermercado, passando pelas novelas de televisão e chegando a frequentar até romances da alta cultura, há a palavra mais grave dessa frase aparentemente inocente: o "te". Esse é um termo que de forma alguma pode ser pronunciado impunemente. Se mal se sabe o que ou quem é o eu, como se saberá quem é o "tu" e, o que é mais grave, o "te", um pronome indireto que, ainda por cima, indica posse?

Ela foi clara e calma. Disse tudo o que queria e terminou de maneira mais informal, perguntando se as pessoas percebiam o conteúdo subliminar daquela mensagem.

Não demorou para que, em sua página, chovessem comentários, curtidas, sorrisos, carinhas de choro, carinhas espantadas e coraçõezinhos. Os primeiros comentários concordavam efusivamente. Mas é claro. Como não pensamos nisso antes? Não se pode aceitar esse tipo de invasão impunemente. Já faz muito tempo que pensadores como Barthes, Foucault, Heidegger e Wittgenstein, só para citar alguns exemplos bem simples, mostraram a quantidade de subtextos contidos nas formulações mais triviais.

Porém, um pouco mais adiante, começaram a aparecer discordâncias. Alguns, ainda timidamente, começaram a relativizar: mas será mesmo? Será que é preciso enxergar o mal em tudo? Não é enxergar pelo em ovo, fazer tempestade em copo d'água? Isso parece ter liberado o ânimo dos mais exaltados e vários já começaram a lembrar de outros posts da mesma pessoa, sempre criticando tudo, apegando-se a detalhes, deixando de considerar o lado bom das coisas, e que autoritarismo mesmo é ficar interpretando demais, expondo as outras pessoas e, quer saber?, ela que fosse para aquele lugar com essa mania de ponderação teórica sobre frases do dia a dia.

Ela permaneceu imperturbável, afinal, é uma estrategista incansável das táticas do Facebook e conhece todos os seus meandros, emboscadas e jogadas. Quanto mais as pessoas a criticam, mais ela se sente vitoriosa em sua percepção capciosa da linguagem e mais os comentadores se digladiam, uns xingando os outros, agora já sem elegância alguma. O assunto vai mudando e o que se destaca passa a ser a discussão sobre quem é mais autoritário e quais as infindáveis formas de manifestação do poder. Outros não falam nem disso nem daquilo, mas lembram de frases, fatos e pessoas, dando exemplos que mal remetem a qualquer coisa parecida.

Até que ela decide postar mais uma vez, depois de longa espera dos envolvidos. É um arremate, algo para calar a boca de todos:

"A discussão se perdeu e desviou-se completamente do escopo inicial. Isso também denota como estão todos desconsiderando as próprias falas e deixando-se levar pelas formas mais primárias de autoritarismo inconsciente ou disfarçado. Portanto, prefiro me calar."

Uma pessoa só, amiga distante e admiradora da triunfante frequentadora da rede, postou uma carinha triste. Alguém ainda ameaçou continuar os xingamentos, mas não vingou. Ela é a campeã invicta e incontestе do Facebook. É uma rainha da rede. Com ela não adianta mesmo tentar negociar.

Faixa

Para Claudia Mello

Alguém disse que, para sua idade, ela estava ótima. Impressionante. Ninguém dizia, parecia até oito, dez anos a menos. As amigas da filha se admiram. A mãe delas não é tão jovial assim. Jovial, ela pensa. Jovial é a velha que tem espírito jovem. Nenhum jovem é jovial.

O médico disse: na sua faixa de idade, é isso e isso e isso o que se espera, entende? Ela não ficou feliz. Não queria pertencer a uma *faixa*. Esticava a pele no espelho, vendo como era seu rosto de antes. Ficava feio, artificial.

Experimentou tirar uma fotografia de si mesma rindo. Contou quarenta e oito rugas embaixo e nas laterais dos olhos, mais no lado esquerdo do que no direito. Será por ser canhota?

Ela ficava olhando as fotos antigas, o rosto liso, o sorriso de quem não desconfia de que a velhice virá um dia, e com ela o sorriso da morte e dos netos, o passado promissor e o futuro inviável. Nas fotos de agora, essas de celular, seu olhar, mesmo quando sorria, não esperava mais nada. Não havia a pupila saltando para a frente, uma credulidade. Faria uma plástica, um preenchimento, adiantaria?

    Ainda não era bem velha. Era de meia-idade. Odiava esse "meia", igual à "faixa". Uma senhora. Conservada, enxuta. Soava como se ela estivesse acondicionada em um pacote a vácuo, cuja validade expiraria em "x" anos; ou como um daqueles produtos que, quando abertos, fazem um barulho do ar saindo e então tudo murcha dentro da embalagem.

    Que ela não exagerasse, os filhos diziam. Ainda tinha tanto tempo pela frente, era tão produtiva, que não chorasse de barriga cheia.

    Mas e umas manchas marrons nas mãos e nas pernas? Quem iria contá-las junto com ela, a quem dizer que não é nada disso, não a morte nem a velhice, mas a vida, a vida mesmo, a face do tempo nas comissuras da boca, que caem, formando bolsas nas laterais das bochechas, ter chegado ao meio, a dois terços, três quartos, não sei, ter se estabelecido, os filhos grandes e a velhice por aguardar, uma velhice tranquila, o sucesso, os frutos colhidos do que se plantou, as dívidas pagas, tempo de receber, é justo, afinal você já fez tanto, agora os outros é que vão te reconhecer, a quem contaria a tristeza dessa plenitude? Com quem dividir a angústia dos provérbios enfim confirmados?

.

Um dicionário

Alegria — Egoísmo generoso.

Amizade — Tu te tornas temporariamente irresponsável por aquilo que libertas.

Amor — Ela coça o lóbulo da orelha quando fica nervosa.

Arte — Tentativa de fazer coincidirem o que se diz com a forma como se diz. Nostalgia das coisas. Vontade de, com a língua, livrar-se dela.

Aurora — Pontualidade da promessa, disse Edmond Jabés.

As coisas — Não são sempre assim.

Certeza — vide Medo.

Cinismo — Patologia derivada do ressentimento, cujo disfarce é o pessimismo.

Destino — Construção narrativa de acasos.

Deus — O casco da tartaruga.

Dorival Caymmi — "Mas se, por exemplo, chover."

Esquecimento — Verdade.

Exceção — O que deve abrir-se.
Fato — Versão.
Fatores — Diversos outros.
Felicidade — Nunca de frente; só de lado.
Ferida — Aquilo que, soprando, alivia.
Fotografia — Estranhamento de verem vivos os mortos.
Frase linda — Suprimir.
Futuro — Flecha tardia.
Hospital — Lugar onde o doente não deve ofender os médicos.
Imanência — "Minha filha, todo mundo é difícil."
Instante — O tempo nos instando.
Kafka — A punição atrás do culpado.
Mãe — Sim.
Medo — Retesamento excessivo das partes moles do corpo e da alma.
Memória — Ficção.
Metáfora — Tudo, menos a vaca.
Mexerica — Integração perfeita entre natureza e civilização.
Ódio — À maionese.
Oportunidade — Perdê-la.
O que poderia ter acontecido — Também é um acontecimento.
Paciência — Raiva mascarada.
Perfeito — Particípio passado de "perfazer".
Poesia — Recuperação do grau de impenetrabilidade das palavras.
Polícia — Quem a salvará de si?
Portabilidade — vide Tristeza 3.
Relativas — Algumas coisas não são.
Responsabilidade — Saber responder.

Reza — Perguntas certas.

Saudade e saudades — A coisa em si e a coisa com objeto.

Si — Aquilo sobre o que não se deve escrever.

Testemunha — Aquela sobre a qual ninguém dá testemunha.

Tristeza — 1. Passeio vespertino das palavras. 2. Enfileiramento desalinhado das palavras. 3. Palavras em casamata.

Vaca — O que não se pode metaforizar.

Vão — Para dizer o nome de Deus.

Vingança — "Cê vai se ver!"

O que vou fazer eu?

O bonde se arrastava, em seguida estacava. Até Humaitá tinha tempo de descansar. Foi então que olhou para o homem parado no ponto.

A diferença entre ele e os outros é que ele estava realmente parado. De pé, suas mãos se mantinham avançadas. Era um cego.

O que havia mais que fizesse Ana se aprumar em desconfiança? Alguma coisa intranquila estava sucedendo. Então ela viu: o cego mascava chicles... Um homem cego mascava chicles.

Ana ainda teve tempo de pensar por um segundo que os irmãos viriam jantar — o coração batia-lhe violento, espaçado. Inclinada, olhava o cego profundamente, como se olha o que não nos vê. Ele mascava goma na escuridão. Sem sofrimento, com os olhos abertos. O movimento da mastigação fazia-o parecer sorrir e de repente deixar de sorrir, sorrir e deixar de sorrir — como se ele a tivesse insultado, Ana olhava-o. E quem a visse teria a impressão de uma mulher com ódio. Mas continuava a olhá-lo, cada vez mais inclinada — o bonde deu uma arrancada súbita jogando-a desprevenida para trás, o pesado saco de tricô despencou-se do colo, ruiu no chão — Ana deu um grito, o condutor deu ordem de parada antes de saber do que se tratava — o bonde estacou, os passageiros olharam assustados.

Tudo isso Clarice Lispector nos conta, no tão conhecido conto "Amor", de onde esse trecho foi extraído. Mas, seja por razões de natureza literária, seja por razões pessoais — não há como saber —, Clarice deixa de mencionar uma parte muito importante dessa história, que acontece justamente em seguida.

E o caso se deu de modo que, logo após o pesado saco de tricô ter despencado no chão do ônibus, deixando espalhar as gemas dos ovos que Ana carregava, ela resolutamente acenou ao motorista, pedindo que parasse o bonde, na verdade instando-o a fazê-lo, e desceu correndo, afobada, quase pulando em cima do cego que mascava chicletes.

(Pode mesmo ser que Clarice tenha saltado essa parte em nome da economia narrativa, a fim de guardar a verdadeira epifania do conto para uma passagem posterior, que ocorre dentro do Jardim Botânico, quando Ana depara com visões luxuriantes da vegetação do parque. O efeito de estranhamento certamente não seria o mesmo, caso ela optasse por duas grandes epifanias numa mesma história. Eu mesma só sei de tudo isso porque, casualmente, me encontrava no mesmo ônibus que Ana e, por mera curiosidade, acabei seguindo-a.)

É claro que o cego, nisso, não continuou parado e, assustado, recuou um bocado, avançou um pouco para a frente e, tentando recompor-se, balbuciou um "ah, hã, o que foi isso?", desequilibrando-se um pouco, até estacar novamente. Ana, é claro, gritou ainda uma vez, tentando desculpar-se, enquanto se refazia dos dois sustos anteriores — o dos ovos e o da visão de alguém que não vê e ao mesmo tempo masca chicletes. Disse: "Desculpe, sou eu, quer dizer, o senhor não me conhece, não quis assustá-lo, desci esbaforida, esbarrei, não queria". "Imagine, minha senhora, não foi nada, por um instante pensei que era um atropelamento, algo assim, mas isso acontece. É que eu não enxergo, a senhora está vendo." "Sim, claro, desculpe mais uma vez. Posso fazer alguma coisa?" "Não, está tudo bem. Fique tranquila." E continuou mascando o chiclete.

Ana tinha envelhecido. Estava cansada, as roupas pendiam quase como trapos em seu corpo que, como os ovos, também parecia ter despencado; ela ainda olhou para o ônibus à distância, pensando nas gemas derramadas e levemente no jantar que teria de fazer à noite. Andou alguns passos, parou, voltou para o ponto, pensando em pegar o ônibus seguinte, mas olhando para o cego outra vez, de repente aprumou as costas, ergueu a cabeça, aproximou-se e, decidida, lançou: "Por que o senhor masca chicletes, se é cego? Um cego não deveria abster-se de algo tão divertido? Um cego não é uma pessoa séria, recolhido à sua entrega de não ver? Pode um cego, ao mascar chicletes, voltar, de alguma forma, a ver? O senhor por acaso sabe como tudo é fácil, para nós que enxergamos? Peço, por favor, que o senhor cuspa esse chiclete agora. Se a vida para um cego não for triste como eu pensava, o que vou fazer eu, com minha felicidade?".

Tudo soava por demais estranho. Eu achava que essas coisas só pudessem ser pronunciadas pela própria Clarice Lispector, jamais por Ana, sua personagem. Achava que

Ana, como todas elas, era alguém que demonstrasse na prática as especulações da autora e não alguém que as expressasse. Mas foi isso mesmo o que ela disse e daí cheguei a pensar que talvez Clarice se inspirasse também em Ana para arrazoar sobre a vida. Não sei o que foi, mas fiquei bem perturbada. Enfim, não sou eu que estou em jogo aqui e sim Ana e o cego.

Não pude ouvir a resposta do cego, que falou pouco e bem baixo. Mas vi que Ana sorria, já bem mais corada agora, com o semblante apaziguado.

Eles apertaram as mãos, afastaram-se um pouco e Ana endireitou-se na decisão aparente de espera do próximo ônibus.

O que o cego teria dito a ela?

Como ele teria respondido ao apelo de Ana para que ele, por favor, não mascasse chicletes?

Aguardei ansiosa que Ana entrasse no carro seguinte e, entre temerosa e ousada, me aproximei do cego, a quem nada parecia incomodar. Nem as perguntas de Ana, nem os carros que iam e vinham. Será que ele não aguardava a vinda de algum ônibus? Como será que saberia em qual deles entrar?

"Desculpe, senhor. Sei que o senhor acaba de ser abordado por outra senhora e que talvez suas perguntas incisivas não tenham sido muito agradáveis. Mas não posso resistir. Sou leitora desta história há vários anos — quero dizer, a história de Ana, da qual o senhor casualmente veio a fazer parte e da qual, neste momento, talvez venha a se tornar um novo protagonista — e, por pura curiosidade, acabei seguindo-a e ouvi as questões que ela tão deselegantemente lhe formulou. Desculpe, não pude deixar de ouvi-las. Mas vi que ela rapidamente se satisfez e que parecia até algo aliviada. Será que o senhor poderia me dizer a resposta que lhe deu ao ouvi-la pedindo que cuspisse seu chiclete? E o que foi que lhe disse sobre ela aguentar a felicidade?"

"Não, imagine. Não se trata de incômodo algum. Ouvi como ela estava exaltada e é natural que outras pessoas tenham escutado o que ela dizia. Mas não foi nada demais. Eu disse somente que, quando masco chicletes, sinto que a terra é redonda, consigo realmente perceber os contornos esféricos das coisas, o tempo passando, como se a goma fosse um condutor mastigável da passagem do tempo, como se tudo se suspendesse e voltasse, suspendesse e voltasse. Disse que me sinto um menino de novo e que esse elástico que mastigo me faz lembrar de alguns restos de borracha que meu pai deixava largados no quintal. Quando masco, me lembro dele. Também disse a ela que entre mascar chicletes e a cegueira não há relação alguma. E que ela fosse embora tranquila. Eu ainda sou infeliz. Ela pareceu ter gostado desta última parte. Apertou-me a mão e, sorrindo, partiu."

Sabia que, com essa resposta, Ana poderia realmente prosseguir sua história em paz. Nada tinha se modificado e entendi o porquê de Clarice ter subtraído essa parte da narrativa e optado apenas por uma única grande epifania.

Uma lembrança

Lembro-me muito bem de Pedro, meu tataraneto, embora não tanto de sua irmã Noêmia, nome dado em minha homenagem. Vejo-o como num filme, brincando na areia com seus bonecos de montar, encaixando todas as peças desde muito pequeno, como se já definisse ali, na infância, que ele viria a ser engenheiro mais tarde.

Essas lembranças do futuro são bem diferentes das lembranças do passado. Quando me recordo de coisas antigas, as imagens aparecem nubladas, recobertas por uma bruma, fazendo com que as coisas pareçam quase não ter acontecido. Ficamos sempre na dúvida, com essas memórias do que já foi, se elas são nossas ou de outra pessoa, se as vimos em algum sonho ou filme e nos perguntamos se elas realmente aconteceram. Elas se mantêm protegidas por uma película de esquecimento, pois o esquecimento só se refere ao passado. Eu, pelo menos, não me recordo de jamais haver esquecido as coisas que ainda vão acontecer. Quanto ao passado — ai de mim —, esqueço mais do que lembro, e muito do que lembro, esqueço no instante seguinte, e quando rememoro essas outras coisas, esqueço de já tê-las esquecido antes.

Minhas lembranças do futuro, entretanto, são perfeitamente nítidas. Vêm precisas e coloridas, sem nunca se misturar com os riscos do esquecimento. Nunca me esqueci de nada que ainda não tenha acontecido e posso, por exemplo, enumerar uma a uma, detalhe por detalhe, todas as peças do quarto de Pedro, seus hábitos e seus brinquedos. Acompanho com gosto o desenvolvimento de sua infância, adolescência, maturidade e só não consigo ainda vê-lo muito bem na velhice. Ele, contudo, apesar de pesquisar com interesse sobre seu passado e de volta e meia ir atrás de fotografias antigas e velhos arquivos, mal consegue saber algo sobre mim. Sua bisavó, ainda viva quando Pedro era adolescente e a quem ele fez inúmeras perguntas a meu respeito, não se recordava de quase nada sobre minha aparência e minha vida.

É uma situação estranha — eu me lembrar tanto dele e ele nada de mim. Não sei bem por quê, dentre todas as memórias que cultivo de meu futuro, as de meu tataraneto são as que mais me preenchem, aquelas com as quais mais me identifico. Gosto de me recordar de outros parentes também, mas com ninguém me divirto tanto quanto com Pedro. Ele parece viver mais dedicado ao passado do que ao seu próprio tempo, quem sabe seja por isso. E também porque faço tudo o que posso para que minha imagem não seja, para ele, como aquelas que vejo nos filmes antigos e nas fotografias desbotadas. Gostaria que ele me visse colorida, vivaz, da mesma forma como eu o conheço. O problema é que sem relatos, sem imagens, ele não tem como lembrar de mim, porque jamais me conheceu. Talvez, no futuro, as pessoas já possam rememorar o que e quem não conheceram. Assim, Pedro poderá me ver aqui, em seu passado, lembrando-me dele e, junto comigo, poderá ver-se a si mesmo vendo-me.

O tempo, afinal, é feito de lembranças. Ou de esquecimentos, não sei. A amnésia de todos que por ele passaram, deixando pedaços espalhados por toda parte. Cada um os recolhe como pode.

Ultimamente, entretanto, tenho me lembrado que Pedro já é pai e percebo que ele não se dedica mais com o mesmo empenho em buscar informações sobre seu passado e tenho reparado que minha própria imagem no espelho tem ficado cada dia mais embaçada. Mesmo assim, tenho certeza de que não vou morrer. Estou, aos poucos, tornando-me, também eu, só uma lembrança.

Como uma gaivota

O capítulo sobre Isak Dinesen é um dos mais interessantes do livro *Vidas escritas*, em que Javier Marías se concentra nas idiossincrasias de vinte grandes escritores — e todos sabemos que as idiossincrasias são o que mais facilmente caracteriza os personagens, ou, melhor dizendo, as pessoas e, dentre as pessoas, os escritores provavelmente estão entre os mais idiossincráticos.

Isak Dinesen é o pseudônimo de Karen Blixen, autora dinamarquesa cuja vida se notabilizou com o filme *Out of Africa*, estrelado por Meryl Streep no papel da escritora. Karen era uma mulher alta, esguia e misteriosa, que na velhice só se alimentava de ostras e champanhe. Costumava usar chapéus que não permitiam que seu rosto fosse completamente visto. Mas quem olhasse diretamente em seus olhos, descobriria que eles pareciam ter duas cores, mais claros em cima do que embaixo. Adorada como uma contadora de histórias hipnotizante (Hemingway, ao receber o Prêmio Nobel, afirmou que deveria ser ela a premiada), era austera e silenciosa fora da circunstância da narrativa oral.

Marías conta que, numa turnê realizada nos Estados Unidos — foi lá que seus livros fizeram ainda mais sucesso do que na Dinamarca —, o principal desejo da autora, que chegou a conhecer Arthur Miller e e. e. cummings, era entrar em contato com Marilyn Monroe. E, na verdade, foi nessa ocasião que ela conheceu Miller, casado com a atriz; um mero acaso, e não porque quisesse mesmo conhecê-lo. Dizem que o jantar foi bem pouco agradável para todos os presentes, menos para as duas, Karen e Marilyn, que pareciam amigas desde a infância, conversando animadamente ao longo de toda a noite. Karen se surpreendeu, a ponto de chorar, ao saber que Marilyn não só sabia quem ela era, como tinha lido muitas de suas histórias, dizendo que não via a hora de ouvi-la narrar ao vivo alguma delas. Essa fama da escritora já tinha chegado à atriz, que desde sua meninice em Los Angeles era apaixonada por casos que seu pai também costumava contar sobre a vida no campo. Entre muitas outras coisas, as duas também se identificaram pelo fato de terem sido obrigadas, desde muito cedo, a substituir seus nomes verdadeiros por pseudônimos.

O que Javier Marías não conta, entretanto, mas que um dos convidados ao jantar narra em detalhes, no livro *Conversas com Arthur Miller*, de 1963, é justamente a história que Karen Blixen contou neste jantar:

"Estou flutuando como uma gaivota nesta noite. Não consigo acreditar que estou diante de Marylin Monroe, uma das mulheres mais belas do mundo, com quem eu gostaria de me parecer e que, para mim, se assemelha a um alce ou uma jaguatirica. Adoro todos os animais, conheci leões de quem fiquei amiga, na África, vi albatrozes sobrevoando os navios em que viajei, tenho um cachorro enorme na Dinamarca, um alsaciano que levo para passear todos os dias e que todos os dias quase me derruba. Infelizmente, apesar de muito admirar os macacos, não posso vê-los pessoalmente, pois sua tristeza me assusta e me faz lembrar da minha própria, que sempre tento esquecer. Escrevi, inclusive, uma história sobre um macaco e alguém chegou a sugerir que eu o representasse, numa peça sobre o conto. Imagine, eu, um macaco! Embora isso não me desonrasse nem um pouco, ao contrário, acho os macacos lindos, mas não me acho bonita a esse ponto e, de tão grande sua tristeza, a minha própria não poderia imitá-la, talvez por ser ainda maior do que a deles. Amo também os porcos que, na mitologia nórdica, têm um papel importante, conhecidos como 'protegidos do sol', já que no frio são eles, animais extremamente inteligentes, que nos fornecem gordura e calor. Na África, me lembro bem, os nativos, que não conheciam as rimas, adoravam quando eu começava as histórias falando sobre elefantes de duas cabeças e quando inventava pequenos versos rimados: *'Wakamba na kula mamba'*, que quer dizer 'A tribo Wakamba come cobra'. Eles riam tanto e eu espero também fazê-la rir, Marylin, porque seu sorriso me faz lembrar o de um leopardo prestes a correr."

"Sim, continue, sra. Blixen, por favor. Não sou digna de ser comparada a nenhum desses animais que a senhora menciona e na verdade nem a ninguém. Como a senhora, também eu padeço de enorme tristeza e a senhora não faz ideia do quanto sua companhia me alegra na noite de hoje. Voltar a ouvir histórias, esquecer um pouco do presente e fingir que estou novamente livre, na casa de meu pai, é um consolo que eu não pensava ainda sentir. Continue, por favor!"

"Mas, por quê, minha doce Marylin? Posso fazer alguma coisa por você?"

"A senhora já está fazendo muito mais do que imagina."

"E vou falar justamente do porco de duas cabeças que um dia surgiu na minha fazenda, no Quênia. Não exatamente surgiu, porque nada, nenhum animal ou coisa surge na natureza. O porco nasceu no meio de uma ninhada grande, vinda de uma porca a quem eu era muito afeiçoada. E esse pequeno animal tinha duas cabeças e, não sei se por isso, pois duvido que os animais tenham as mesmas percepções preconceituosas que nós, humanos, foi rejeitado por seus irmãos, mas protegido loucamente por sua mãe."

"Um porco com duas cabeças? Nossa, eu iria ficar muito assustada com isso. Uma vez vi uma fotografia de duas crianças que nasceram grudadas, xifópagas, mas esse caso devia ser ainda mais horrível. Agora não me diga que ele vai se transformar num belo javali, como se fosse o patinho feio que, na verdade, era um cisne."

"Horrível, sim, realmente assustador, mas uma coisa diferente aconteceu com o porquinho e não, não é como a história do Patinho Feio."

"Eu também, junto com sua mãe, fui me acostumando a ele e, aos poucos, fui me afeiçoando àquele ser estranho, mas abençoado, pois, como eu disse, na Dinamarca o porco é uma criatura sagrada, e, com suas duas cabeças, ele haveria de nos proteger e tornar nossas plantações ainda mais férteis. Mas o boato foi se espalhando pelas redondezas e, como vocês sabem, não há nada de diferente, no mundo, que não acabe se tornando motivo de temor ou de adoração. E com o porco foi também assim. Logo havia centenas de pessoas de todas as regiões, brigando e argumentando que eu deveria sacrificá-lo, vendê-lo, doá-lo para um museu ou laboratório ou então fazer um altar em seu nome. Cheguei a proibir a entrada de pessoas na fazenda, meu marido cogitou em sumir com o bicho, alguns funcionários quiseram raptá-lo pensando em enriquecer com ele, mas fui obstinada e intransigente. Quanto mais as pessoas discutiam e questionavam sobre o significado, as vantagens e desvantagens daquele porco, mais eu e sua mãe nos apegávamos a ele, mais faríamos questão de que ele fosse tratado como um animal normal, embora diferente. Com o tempo, as pessoas foram desistindo do porco, me chamando de bruxa, maldita, nomes a que eu já estava, e continuo, habituada. Mas acabaram esquecendo-o, como se esquece tudo, mesmo o que não se imagina, nesta vida. E o porco de duas cabeças passou a fazer parte do cotidiano de nossa fazenda, sendo, é claro, motivo de chacota para muitos, mas também tornando-se uma espécie de mascote, de bicho da sorte, para tantos outros. Juntamos as mitologias de minha terra e a dos Wakamba, em que os porcos também representam algo como sorte e fertilidade, e elaboramos uma espécie de epopeia nova, nórdico-queniana, em que nosso porco era uma pequena divindade.

"Nas épocas de colheita, fertilização, ou de seca, era sempre o porco, agora já crescido, que inaugurava os rituais, e chegamos a inventar muitas canções rimadas para ele. Quando os nativos queriam que eu contasse histórias com versos, eles diziam: 'Senhora, conte aquela história que chove!'. É que, para eles, as rimas são como a chuva, coisas misteriosas e preciosas que ninguém sabe exatamente de onde vêm. Mas um dia, Kikamba (o nome que demos ao nosso porquinho) desapareceu. Do nada, sem deixar rastros, sem apresentar sinais de doença — era um porco saudável, gordo e comilão —, sem sinal nenhum. Sua mãe gritava, como só os porcos sabem gritar, eu mesma saí em sua caça, juntamos vários homens e mulheres que fizeram uma busca minuciosa em toda a redondeza, mas nada de encontrá-lo. Até a polícia florestal, que já o conhecia e estimava, ajudou nas investigações, mas sem nenhum resultado, era como se Kikamba nunca tivesse existido. Ninguém achou que fosse invenção, é claro, porque havia centenas de testemunhas, mas, aos poucos, foram se criando versões cada vez mais fantásticas para descrever o porco, e havia os que diziam que ele falava, que ele tinha três cabeças e não duas, que tinha olhos na testa, que havia nascido sem rabo, que era a encarnação do demônio, que sumira porque Deus o havia mandado buscar, já que ele, um anjo, tinha aparecido por engano na barriga de sua mãe. E depois de alguns meses, eu mesma comecei a duvidar que Kikamba jamais tivesse existido. É assim com as coisas que precisamos esquecer. O tempo foi passando e um dia apareceu na fazenda um porco desconhecido, um porco normal, com uma cabeça só. Ele veio se aproximando devagar, sozinho, cauteloso, foi caminhando por todos os lados, até que se achegou à mamãe porca, a do porco de duas cabeças, esfregou-se nela, ela também nele e ali ficaram os dois, imediatamente apegados, para nunca mais se separarem. E a mãe, que pensávamos nunca mais fosse se recuperar do sumiço de Kikamba, parecia nunca tê-lo perdido. Recuperou a alegria, ela, que estava deprimida, recusando-se muitas vezes a comer. Todos, sem exceção, tínhamos certeza de que esse porco misterioso era, de alguma forma, o próprio Kikamba, aliviado de uma cabeça. Eles realmente se pareciam, embora esse novo tivesse outra coloração de rosa e fosse menos gordo do que o anterior. Mas tudo isso era explicável. O que não saberíamos explicar, mas garantíamos, era como ele tinha se desfeito de uma cabeça.

"Só que ninguém se importou com isso e todos ficamos felizes em saber que o inexplicável acontece diante de nossos olhos todos os dias, e ainda mais felizes por pensarmos que não devemos querer entendê-lo. Ninguém conversou sobre isso, ninguém discutiu. Isso era a verdade e o próprio porco tinha resolvido nossas dúvidas por nós. Ele e sua mãe.

"Lembro de Kikamba até hoje e já não sei se ele realmente chegou a ter aquelas duas cabeças. Quando penso nele, lembro sempre de minha avó, muito melhor contadora de histórias do que eu, que dizia: 'Nós, os fiéis às histórias, quando tivermos falado nossa última palavra, ouviremos o silêncio. É ele o que eu deixo a vocês agora, como foi essa a forma que todos resolvemos aceitar o novo Kikamba. Silenciosamente'."

"Sra. Blixen, posso chamá-la de Karen?"

"Pode, claro, eu mesma a estou chamando de Marylin."

"Não quero dizer nada, como disse sua avó. Mas preciso falar somente uma coisa. Preciso comunicar à senhora o meu silêncio. Posso?"

Karen e Marylin ficaram imóveis, durante alguns segundos, ouvindo uma o silêncio pleno da outra, até que, emocionadas, se abraçaram forte, e foi nesse abraço que Marylin conseguiu enxergar, sob o véu do chapéu de Karen, as duas cores que dividiam sua pupila.

dentro, fora, dentro, fora. sai daqui, menina, você não é daqui não. sai desse corpo, que você não me pertence. pé dentro, pé fora, quem tiver pé pequeno vai embora. ponha-se daqui pra fora. já pra dentro, menina. nunca fale com estranhos. é proibida a entrada de estranhos. esse cara não me é estranho. esse cara é muito estranho. até que a morte nos separe. eu sou tua e você é meu. fiquei pra titia. sou refugiada, faço quibes e vendo numa loja na teodoro. meu marido? conserta relógios em nairóbi, conhece?

A teia

Georges Bataille tentava, mas não conseguia lembrar onde tinha guardado as *Passagens*, que Walter Benjamin lhe confiara antes de partir para a Espanha. Acordou, no meio de uma noite agitada e pensou: o ato sexual é, no tempo, o que o tigre é no espaço. Não sabia, a princípio, qual a relação entre essa ideia e os manuscritos de Benjamin. Voltou a adormecer e, de manhã, enquanto preparava o café, lembrou-se. Guardara tudo na mesma prateleira onde estavam os livros de Herman Melville em espanhol. Como várias vezes acontece, sua mente operara a teia sem que ele mesmo soubesse.

A caça à baleia branca era, no tempo e no espaço, o sexo e o tigre. E Walter Benjamin lhe dera as pistas, quando disse, alguns dias antes de partir e, misteriosamente, desaparecer (para sempre, soube-se depois): "Georges, eu vou, mas na verdade fico. Tudo, para o verdadeiro colecionador, se funde numa enciclopédia mágica, cuja quintessência é o destino do seu objeto". Bataille entendeu então a lógica que unia Moby Dick, o tigre, o sexo e o livro das *Passagens* e, nessa noite, seu sono, embora intermitente, foi menos agitado.

você é um horroroso de um nojento; seu urubu suado; seu porco constipado; abilolado bisonho; tosco frívolo; careta na cratera; tua cara de saliências coloides parece um trator atolado; tua boca lembra um satélite quebrado, enganchado no cano de lata de uma estação obsoleta no espaço; teu nariz foi inventado por uma mistura de camelo com um rombo numa rodovia vicinal; vem, ó odiado meu, vem do fundo da terra teu cheiro de brotos putrefatos; tua carícia, ó meu cansaço, me cobre de pústulas alérgicas a cada toque vindo da tua mão áspera como a crosta de uma urtiga; seu canalha, calcâneo, morno colicoide dos meus sonhos impensados; seu sebento, rubrica falsificada, dardejante mácula de atóis praguejados; seu sem sentido, molenga, filho de uma égua com um asno manco; tuas palavras soam como ruídos pontiagudos perfurando o vidro, platitudes ocas que assustam até o belzebu; tua falsidade se estende do egeu ao cáucaso, assombrando os mais profissionais mascarados; teu egoísmo espanta até o saci, tua vaidade abisma os espelhos, que se retraem condenados; ó meu bruxo cístico, meu túrbido tridentado, vem quente que eu aqui fervo de um ácido cáustico, vem perto que eu te borrifo de um óleo atávico sobre tuas faces cítricas; vem, seu bolhinha de pus; vem, seu soporífero crônico; vem, sua manada de pernilongos verminosos; vai tomar no cu, seu piolho.

Uma espécie de bênção

Antes da construção malsucedida da Torre de Babel, falava-se uma única língua na Terra, muito semelhante à do Jardim do Éden. No jardim, falavam-se basicamente os substantivos próprios, que em tudo coincidiam com as coisas que nomeavam. Por exemplo: a palavra cão era o próprio cão e não era preciso qualificá-lo para se saber o tipo de cão, sua personalidade e características. Dizer *cão* dizia tudo.

A construção da Torre de Babel durou quarenta e três anos, até que Deus desceu ao local e, como punição aos indivíduos que desejavam, com a torre, espalhar seu *nome* e tornar-se famosos, confundiu-os todos, criando as muitas línguas que os impediram de se comunicar, e espalhou-os por todos os cantos da Terra. A ambição do nome, paradoxalmente, foi o que os tornou mais comuns do que já eram.

Logo em seguida a esse castigo, portanto, as criaturas que ali se encontravam passaram de um entendimento completo a uma completa confusão. Mães e filhos não mais se entendiam — pois Deus não estabeleceu a confusão segundo critérios lógico-operacionais —, maridos e mulheres perguntavam e não entendiam as respostas, vizinhos iniciaram disputas insolúveis e amigos se estranharam. As próprias pessoas que passaram a falar outras línguas a princípio não dominavam o que elas mesmas diziam, pois precisavam aprender os sons que saíam de suas bocas. Foi só pela convivência com outras pessoas que articulavam sons semelhantes que elas, pouco a pouco, começaram a decifrar o que falavam. Antes disso, precisaram sair à caça de seus pares, gritando palavras soltas para todos os lados e identificando-se das formas mais esdrúxulas, pois não tinham controle algum sobre o que diziam. O resultado foi que comunidades inteiras se formaram quase aleatoriamente, baseadas na articulação de sons comuns, que depois foram denominados de línguas. Nessas comunidades conviviam indivíduos antes inimigos, grupos majoritariamente masculinos ou femininos e inúmeros desequilíbrios que só foram se dissolvendo depois de muitas gerações.

No meio dessa barafunda toda, de pessoas falando sem saber o que diziam, de uns procurando por outros que articulavam os mesmo sons, de pais perdidos de filhos e patrões perdidos de criados, surgiu a necessidade urgente de uma função até então nunca imaginada: a tradução. Etimologicamente, ela não é mais do que o deslocamento de um objeto de um lugar para o outro. Pois era justamente isso o que faziam os tradutores que, rapidamente, apareceram aos montes na sequência da destruição da torre, desde os mais fajutos, que se aproveitaram da situação de balbúrdia e desespero, aos mais sérios, que realmente buscavam estabelecer melhor compreensão entre os perdidos. Esses tradutores basicamente transladavam pessoas de um lugar para o outro, fazendo-as encontrarem seus possíveis pares, a partir da identificação de sons semelhantes e possíveis significados. Também havia a necessidade, é claro, do deslocamento de objetos, pois, para muitas palavras desconhecidas, era preciso apontar ou mesmo trazer as coisas diante das pessoas, para que elas certificassem o significado do que diziam.

Um desses tradutores era chamado Natanael. Seu nome significa "presente de Deus" naquela língua única que todos anteriormente falavam e, por isso, ele foi um dos primeiros a entender o que se dizia nas várias línguas que subitamente emergiram. Natanael sempre tinha sido contra a construção da torre e, talvez por isso, Deus o tenha presenteado com uma capacidade singular de distinguir os sentidos das palavras.

Natanael, naquela tarde do dia fatídico, circulava freneticamente pelos escombros da torre e pelas ruas daquele vale de Sinar, ouvindo todos aqueles sons desconhecidos, aquelas pessoas enlouquecidas balbuciando absurdos, desesperadas procurando por seus familiares. Rapidamente, ele assimilou o que estava acontecendo e concebeu uma operação de salvamento. Começou a identificar semelhanças entre algumas palavras que iam sendo pronunciadas e, com isso, a agrupar as línguas em classes mais ou menos próximas umas das outras. Verificou aquelas em que predominavam as consoantes sibilantes, as fricativas, as guturais e as líquidas; outras em que as vogais pareciam mais importantes; algumas em que parecia quase não haver palavras qualificativas e outras em que elas abundavam; línguas em que o nome principal vinha somente no final da frase e outras em que ele vinha no começo; dialetos em que as palavras se aglutinavam, formando palavras gigantescas, que assustavam até os falantes e outros em que os vocábulos saíam rápidos, sumários, quase não ditos. Em menos de três dias, Natanael já tinha catalogado várias línguas, agrupadas em cinco classes distintas. Em cada um desses grupos, o tradutor foi reunindo falantes assemelhados, pedindo-lhes que se mantivessem próximos, falando entre eles o máximo que conseguissem, mesmo sem se entenderem. E foi um tal de apontar para cá, apontar para lá, risadas, choros, imprecações, orações, penitências, espancamentos e tanta correria, que Natanael quase desistiu muitas vezes da empreitada absurda que tinha concebido para si e para o mundo novo que se criava. Mas nada o fez desistir.

Depois de semanas e semanas de insistência e muitas brigas, ele já tinha chegado à seguinte lista: fenício, sumério, semítico, persa, bengali, acadiano, aramaico, babilônio, assírio e hitita.

Em cada uma dessas línguas, Natanael percebeu que havia palavras razoavelmente parecidas, algumas surpreendentemente iguais. Entre elas, por exemplo, estavam as palavras "mãe" e "mar", que em todas as línguas tinham o som "m"; "vento", sempre com sons que a ele se assemelhavam; "não" e "sim", invariavelmente monossilábicas e com sons opostos; "trovão", com um som trovejante, e muitas outras que imitavam os sons da natureza e dos instrumentos musicais. "É claro", pensou Natanael. "Deus não teve tempo de elaborar tão bem as diferenças, e é isso que vai me permitir verter os significados de uma língua para a outra." E foi justamente o que ele começou a fazer, estabelecendo, com isso, uma compreensão que parecia impossível entre todas aquelas pessoas que, aos poucos, passaram a se reconhecer e comunicar.

Gradualmente, não apenas ele, mas também outras pessoas, entre elas vários tradutores, começaram discretamente a se perguntar, em meio a todos os preparativos para as migrações que a partir dali aconteceriam, se a multiplicidade das línguas não tinha sido, no lugar de uma maldição, uma espécie de bênção. Pois foi por causa dela que os desentendidos principiaram a inventar alfabetos, escrever poemas, criar rezas, fazer imitações teatrais; por causa da confusão linguística foram criadas milhares de piadas e canções; surgiram as onomatopeias, as rimas e o esforço de compreender bem o que os outros diziam. É certo que também apareceram mais guerras, mais disputas de poder e todos os problemas decorrentes das brigas comerciais, mas isso tudo já havia mesmo antes do aparecimento das línguas.

Natanael, depois de alguns meses, quando as comunidades já haviam se espalhado por vários cantos do planeta, guardou seus pertences todos numa maleta, os papiros todos anotados, fechou-a com cuidado e partiu para uma expedição rumo ao desconhecido. Ele partia satisfeito. Iria encontrar, pelo mundo, milhares de palavras e de significados novos, sempre prontos para a tradução. Ele sabia ser impossível encontrar a tradução perfeita e que o ofício do tradutor está fadado ao fracasso. Mas ele também sabia que a própria língua é feita de imperfeições e preferia isso ao estado anterior, em que a compreensão plena entre as pessoas não permitia a invenção de significados novos.

Seria mesmo pecaminosa a soberba humana? E teria mesmo sido soberbo o desejo de construir a torre? Natanael não chegava a conclusão alguma, mas agradecia a Deus pela punição alcançada e aos homens pelo pecado cometido.

Uma coberta, uma manta

O hospedeiro é o senhor dos estranhos.

Esta é a história e a não história do mundo, desde o início até hoje, e foi com essa frase que tudo começou e não com "no princípio era o verbo" ou "no princípio Deus criou os céus e a terra".

No princípio havia um habitante. De uma caverna, palhoça, cabana, estalagem, casa, castelo, mansarda, mansão, vivenda, moradia, domicílio, residência, armazém, estabelecimento, mercado, igreja, mosteiro, convento, templo, fazenda, chácara, sítio, entreposto, prédio, mercearia, edifício, estância, pousada, um abrigo. Veio alguém, um desconhecido, e bateu, pedindo pouso, comida e agasalho. Um habitante olhou desconfiado para o estranho, fez uma cara feia, uma careta, e bateu nele com um pau. A história ficou estagnada.

Outro habitante não teve medo. Abriu a porta, deu-lhe de comer sua melhor comida, mesmo pouca, cedeu-lhe a cama, o que tinha, uma coberta, uma manta e aproximou-o do fogo, aquecendo-o, para que, no dia seguinte, ele pudesse continuar a jornada. Não lhe perguntou a procedência nem o destino. Acolheu-o.

Assim teve início a viagem do tempo pelo espaço e a história das trocas, das línguas e das promessas, porque, depois que aquele estranho tinha se estabelecido em algum canto, foi ele a hospedar um outro estranho que lhe veio pedir guarida.

Hospedar é o gesto mais sagrado da humanidade. Para filósofos como Lévinas e Derrida e para um poeta como Edmond Jabés, a hospitalidade está acima da responsabilidade e da liberdade, porque as contém.

Host e *guest*, anfitrião e visitante, em inglês, têm a mesma origem, porque são a mesma coisa, apenas em lugares casualmente alternados. Ambos são estranhos um ao outro, embora aquele que hospeda já pertença a uma comunidade, enquanto quem pede abrigo vem de fora. Hospedar é trazer para dentro o que vem de fora, é tornar menos estranho o estrangeiro. Para Derrida, o hospedeiro deve fazer com que o hóspede se sinta como se fosse ele o anfitrião.

Estrangeiro, ou estranho, que são sinônimos, são os que não pertencem. O estrangeiro é vindo de um lugar a que pertencia para outro que ainda desconhece, e essa é a condição mais solitária possível, especialmente se não houve escolha. O estrangeiro é tido como perigoso e para ele, contra ele, criaram-se fronteiras. Por causa dele, inventaram-se as ideias de dentro e de fora. Por causa dele, associou-se o estrangeiro, o estranho, à ideia de louco, esquisito. O estranho-louco é nada mais do que o que não está dentro. Ele fala palavras que não entendo; faz coisas a que não estou habituado. Ele me ameaça porque vem de fora.

Estranho, em latim, é o mesmo que alienado. Também de fora. Alienação é perda de controle sobre alguma coisa ou sobre si mesmo; sinônimo de loucura e apatia. Só o hospedeiro é capaz de trazer o alienado de volta para um abrigo e indicar-lhe a estrada, para que ele reconquiste o controle sobre si.

Na Albânia, como conta Ismail Kadaré no seu *Abril despedaçado*, é-se obrigado a hospedar até mesmo o assassino do filho do hospedeiro e servi-lo com a melhor panela da casa, o melhor prato, a melhor porção. Quem transgride as regras da boa hospedagem estará sujeito a maldições e vingança. Aquele que não hospeda é o hostil, e o local que não hospeda é inóspito. Hostil é aquele que quer manter as fronteiras, fazer com que o de fora sinta-se permanentemente nessa condição e pense que é seu destino ser de fora e que a ideia de dentro só cabe ao hospedeiro hostil, o que teve a sorte e o acaso de estar dentro.

Diante da hostilidade, acabam-se os presentes e acaba-se também o tempo presente, que é o tempo da hospedagem, quando as coisas se dão. Dar-se ou acontecer, ocorrer, é fazer o presente existir. O agora é a hospedagem do ser no tempo, que nos recebe sem nada nos perguntar. Somos todos hóspedes do tempo, adentrando-o, mas sempre, de alguma forma, dele alienados, nele viajando temporariamente, por vezes mais dentro, outras mais fora. Ao recebermos um hóspede, cedendo-lhe abrigo e pousada, fazemos nós as vezes do tempo, concedendo-lhe efemeramente um cadinho no espaço.

O beijo

São muitas as tentativas de descobrir o que diferencia o humano dos outros animais. A história de que os humanos são os únicos que pensam é balela. Já há tempos se relativizou o conceito de pensamento, e sabe-se que ele não se restringe mais à noção de lógica causal ou de raciocínios encadeados. Portanto, o velho corolário de que os humanos são superiores por serem racionais já pode ser descartado.

Dentro desse mesmo espírito da racionalidade, há outros estudiosos que afirmam que os humanos sabem representar, enquanto aos animais cabe apenas repetir aquilo que está em seu código genético. Nesse sentido, haveria, da parte dos hominídeos, uma capacidade inata de inventar, a partir de uma herança biológica, formas infinitas de comunicação: as palavras, os gestos, as carícias, a arte, os objetos, tudo como representação simbólica de um desejo expressivo. Mas, contra essa hipótese, há inúmeras pesquisas zoológicas que apontam variações inesperadas em danças desempenhadas por abelhas; nos movimentos de alguns pássaros, nos barulhos das baleias, nos saltos dos golfinhos, nas tomadas de decisão de macacos quando dentro de uma cela, na capacidade aparentemente interminável de aprendizado por parte dos cachorros e dos cavalos. Ao mesmo tempo, nós humanos vamos, cada vez mais, nos dando conta de nossa própria incapacidade em conhecer o que significa a representação e quais são seus limites.

Já se falou muito que os humanos são os únicos seres que guardam os restos mortais de seus parentes, mas isso também é polêmico. Se os elefantes, como se sabe, se encaminham para um local distante quando pressentem seu passamento e o mesmo fazem os gatos; se várias espécies de macacos, quando perdem um parceiro ou parceira, passam semanas enlutados, sem vontade de comer ou de brincar, e se cenas parecidas se repetem com vários outros animais, não se pode afirmar categoricamente que eles não se importem com seus mortos ou que não tenham noção do que significa o desaparecimento.

Mas, depois de muita reflexão, creio ter chegado a uma diferença infalível e duvido que alguém retire de mim a grandeza dessa descoberta.

O que definitivamente distingue o animal humano dos outros animais é o beijo.

Não falo de uma simples aproximação entre bocas, narizes, boca e bochecha, boca e alguma outra parte do corpo. Tampouco quero considerar como beijo equivalentes toques corpóreos, verificáveis em outros animais. Falo do beijo que faz "smack", que estala, que diz respeito a uma contração calculada e minuciosa dos lábios, formando um pequeno bico que, ao encostar na superfície epitelial de outra pessoa (boca, bochecha, testa, mão, seio, perna etc.), contrai-se ainda mais, produzindo um som pitoresco, resultado de uma aproximação projetada entre os lábios superior e inferior. E o beijo agregado de complementos, como o beijo de língua, que pode demorar, nos casos de paixões adolescentes, até cerca de algumas horas. Ou o beijo roubado, uma categoria especial, beirando o indescritível, porque é o beijo-que-se-sente-vontade-de-dar-em-alguém-de-surpresa-sem-que-essa-pessoa-saiba-e-a-pessoa-fica-feliz-em-recebê-lo. E as diferenças que foram se estabelecendo entre os tipos de beijos: na testa, paternal, independente de quem o dê; na bochecha, fraternal ou burocrático, variando conforme a circunstância, mas sempre identificável; na boca, curto ou longo, comunicando amor, paixão, amizade ou, em alguns lugares, lealdade eterna; nos seios, expressão erótica por excelência; nos pés, índice fetichista ou de promessa de fidelidade; na mão, servilismo. Entre mulheres, entre homens, mulheres e homens, mães e filhos, amigos, crianças, velhos, inimigos, chefes e empregados, amantes, o beijo da extrema-unção e o do nascimento, nos olhos, o de chegada e o de despedida, o do despertar e o de dormir. O beijo em português, que vem de *suavis*, sinalizando agrado e maciez, ou de ósculo, que significa boca pequena. O beijo em inglês, *kiss*, mais literal, tocar com os lábios. *Neshikah*, em hebraico e outras línguas semíticas, que é o mesmo que apertar, juntar com força. E as metáforas baseadas no beijo, como o mar que beija a areia, o beijo suspenso invisível na boca das meninas e o beijo que é a véspera do escarro. O beijo esfregadinho, de japonês; de faxininha, limpando as gengivas; de louco, quase encostando na garganta; o do beijoqueiro, o do beija-flor, o beijo que só se manda soprando com a mão e a boca e o imperdoável "bj", que me persegue as noites insones.

O beijo, essa inutilidade, não nos salvará do irremediável, porque ele não salva. Ele será somente nossa marca do demasiadamente humano, quase encostando no bicho, tão perto que, por causa dele, nos tornamos ainda mais humanos, porque o smack e a língua prolongada sempre nos lembrarão do porquê de termos vindo ao mundo: para beijar.

recuar também pode ser uma forma de avançar. entregar-se também pode ser uma forma de resistir. negar também pode ser uma forma de dar. dar também pode ser uma forma de possuir. ficar também pode ser uma forma de ir.

Diálogo

— Nossa, este é o último lugar em que eu esperava encontrar alguém.

— Sim, também nunca poderia imaginar encontrar alguém aqui dentro.

— Você sempre vem aqui? Esta é a primeira vez que venho. Tenho pensado em refugiar-me aqui já faz algum tempo, mas só hoje tomei coragem e, num momento de distração, corri e consegui.

— Sim, já frequento este lugar há alguns meses. É um tipo de esconderijo que eu tenho. Mas fico contente que mais uma pessoa o tenha descoberto. Não sinto ciúmes daqui e gostaria que muita gente viesse se juntar a mim, na verdade. Mas até hoje ninguém mais tinha aparecido. Quer um pedaço? Posso te dar metade.

— Puxa, obrigado. Você é uma pessoa diferente. Por que está dividindo isso comigo? É claro que eu quero.

— Tenho um fornecedor regular. Troco isso por canções, acredita? Sou cantor de óperas italianas. Você é de onde?

— Italiano também, de Turim. Químico de profissão. Também faço trocas, mas nenhuma tão vantajosa quanto a sua.

— É difícil falar em vantagem aqui dentro, como também em sorte, oportunidade ou destino. Já não sei mais o que significam essas palavras. Acho que o que aconteceu comigo é acaso e é só por isso que gosto de dividir tudo com os outros. Porque não penso que o ocultamento dos meus lances de sorte vai melhorar minha vida. Como tenho isso hoje, posso não ter mais amanhã ou mesmo daqui a um minuto. Não sei quem você é, pode até ser que seja um espião, mas não me importo. Não me importo com nada.

— E você acha que é isso que pode estar te favorecendo?

— Não, também não. Nada favorece nada. Não existem mais causas e consequências, nada que se possa mapear ou determinar e dizer: isso é por causa disso. Acho que, aqui dentro, nem mais a chuva é causada pelas nuvens. A ordem das coisas foi invertida ou subvertida, não sei, e só o que existe é cada minuto, segundo talvez. Quer mais um pedaço?

— Concordo com você, totalmente. Vejo pessoas atribuindo a sorte a Deus, à higiene, à esperteza. Outros, ao contrário, atribuem seu azar à descrença ou também ao mesmo Deus que nos teria abandonado. Não associo nada a nada. Você acha que vamos sair daqui algum dia, que voltaremos a nos ver?

— É estranho. Por que será que é tão necessário e até bom pensar sobre o futuro e sobre o passado, enquanto estamos aqui? Encontro alguém e geralmente esta é a primeira coisa em que penso. Será que algum dia voltarei a vê-lo? Será uma espécie de masoquismo?

— Ao contrário. Acho que é credulidade, não sei, ingenuidade. Um prazer possível, estar ao lado das pessoas e pôr-se a imaginar encontros remotos, localidades desconhecidas. O que você mais gostaria de fazer na vida?

— Isso é fácil. Comer não um, nem dois, mas três pedaços de pão quente seguidos. Só isso. Depois eu poderia morrer. Feliz. E você?

— Claro, comer, comer e comer. Mas também tomar um banho quente e deitar numa cama com um lençol limpo.

— Não pensa em encontrar alguém querido, um parente, uma namorada antiga?

— Não. É estranho, mas essas vontades estão no fim da lista. Tenho medo, na verdade. Medo de encontrá-los e de não encontrá-los, medo do que foi feito de cada um de nós e deles, medo do que poderei dizer, porém mais ainda do que não poderei dizer, medo de lembrar e medo de esquecer. Quem são, quem serão as pessoas que deixamos para o lado de lá, o lado de cá que não é o mesmo para nenhum de nós, como dizer o que nem nós sabemos entender? Como dizer esse nosso encontro, agora? Quem é você, quando não estivermos mais aqui, daqui a um minuto ou daqui a dois, três anos, agora que já sabemos que as coisas estão se aproximando do fim?

— Sim, é por isso que só penso em comer. A comida não faz perguntas. A língua da comida é universal. Por que nos pusemos tão prontamente a filosofar, aqui dentro, nessas condições?

— Penso que não existem condições melhores para isso. É aqui que nasce toda a filosofia. E porque tudo isso é muito engraçado e preciso rir. Você não quer cantar uma ária de ópera para mim?

— Quero sim, claro. Mas me desculpe, minha voz não está nada boa.

— Assim que nos virmos novamente, vou fazer questão de dividir alguma coisa minha com você.

— Não se preocupe, você já está dividindo. E não é sua amizade, conversa ou presença, não. Não é tampouco o fato de você falar italiano ou gostar de ópera. O que você está me dando é concreto, material.

— Mas o quê? O que é que estou te dando além de te obrigar a dividir este nabo comigo?

— Você usou uma palavra que não ouço há muito tempo. Já tinha até me esquecido dela. Falou "medo". Disse tantas vezes, afirmou tantas vezes seguidas todos os medos que você tem, sem nenhum pudor de dizê-lo, que me deixou um pouco menos descrente. Não sei muito bem por quê. Mas precisava ouvir essa palavra, dita assim, em italiano mesmo, com tanto desprendimento. Obrigado. Quer mais um pedaço?

Uma agulha

Alguns textos neste livro são verdadeiros, mas parecem falsos; outros são falsos, mas parecem verdadeiros. Outros, ainda, misturam as duas categorias, propondo uma espécie de indistinção entre elas. O caso que se conta aqui, entretanto, é totalmente verdadeiro, embora seja difícil acreditar que ele realmente aconteceu.

Gosto muito de Horacio Quiroga, esse autor uruguaio/argentino, de vida trágica e ficção não menos terrível, que criou um tipo de linguagem em que o leitor não sabe se está a ler contos de terror ou tratados científicos. Em seus contos, ele consegue de tal forma confundir objetividade e absurdo que o impacto de suas histórias se amplia por uma sensação do mais puro realismo. E dentre todas elas, uma das mais conhecidas, não à toa, é "A galinha degolada", que também dá nome a um de seus livros. Nesse conto, um casal jovem e apaixonado, para completar sua felicidade, dá à luz um menino forte e saudável. Tudo corre às mil maravilhas, até que no décimo sétimo mês — e aqui estou certa dessa contagem, mas faço questão de me manter numa margem de incerteza, porque, por mais que já tenha relido o conto algumas vezes depois do que me aconteceu, a literatura de Quiroga é tão movediça que quero ficar nessa bruma de indefinição, como se ela fosse a atitude mais coerente e respeitosa para com o autor — começa a se desenvolver uma doença no menino. Ele vai se tornando imóvel e alheio a tudo e os pais o entregam aos cuidados de uma criada, desesperados. Depois de algum tempo, decidem dar nova chance ao destino e têm um outro bebê, a quem enchem de cuidados, temendo a repetição da doença. E, aos dezessete meses, novamente ela se manifesta, condenando o segundo filho também ao mutismo e ao isolamento. O casal, quase sem esperanças e com seu relacionamento em frangalhos, resolve ter ainda mais um filho, com quem a história se repete, nas mesmas condições e prazo. E ainda com um quarto, deixando o casal em estado de total desolação. Aos poucos, os pais dos meninos abandonam os filhos à própria sorte. Os quatro ficam o dia inteiro sentados no quintal, em frente a um muro, calados, somente sensíveis à luz do sol e às cores, que os afetam visivelmente.

Depois de alguns anos, o casal tem uma menina, a quem, obviamente, tratam como uma princesa e que não apresenta a doença. Finalmente, certa paz parece retornar ao lar e os pais acreditam que podem ser felizes de novo. Esquecem-se completamente dos rapazes, inclusive deixando-os sujos e desamparados. Um dia, a cozinheira da casa, ao preparar uma galinha para o almoço, degola-a na frente dos quatro irmãos, que observam o ato, impressionados com a vermelhidão do sangue que escorre de seu pescoço, chegando até o quintal. Na cena seguinte, os pais e a menina estão retornando de um passeio e a garota se solta das mãos de ambos para correr para o quintal, onde ela sobe no muro para espiar algo na casa vizinha. Novamente, não tenho certeza absoluta da sequência dos fatos, nem mesmo do que ela foi procurar ali no muro. Os irmãos se entreolham e, como que tacitamente, tomam uma decisão silenciosa. Puxam-na para baixo e, sem demora, degolam-na como havia sido feito à galinha. Os pais, dando-se conta do sumiço da menina, começam a chamá-la, mas, quando desconfiam do que pode ter acontecido, já é tarde demais.

No conto não há uma condenação do gesto dos irmãos e creio que tampouco do descuido dos pais, embora esta última alternativa seja mais plausível. O que fica, como nos outros contos de Quiroga, é uma constatação sobre a imponderabilidade do trágico.

Poucos dias depois da leitura dessa história, precisei fazer uma viagem ao exterior. Estava no saguão do aeroporto, aguardando a chamada para o embarque, quando, a pouca distância de mim, avistei um rapaz jovem e forte se aproximando de um homem que parecia ser seu pai. Ele o abraçou carinhosamente e foi correspondido. Quando eles se viraram, vi que o garoto era portador de síndrome de Down, lembrei-me do conto e me alegrei de ele ser tratado com tanto afeto. Pouco tempo depois, outro rapaz aproximou-se da dupla e, da mesma forma, abraçou o pai. Vi que ele tinha a mesma característica e fiquei ainda mais admirada, para, em seguida, surgir ainda um terceiro, também portador da síndrome, comportando-se da mesma forma. Não podia acreditar. Um pai e três filhos especiais, todos abraçando-se e demonstrando camaradagem. Não imaginava que isso pudesse existir, ainda mais porque aquele homem parecia estar viajando sozinho com os garotos.

Na cadeira ao meu lado, um homem estava com um livro aberto fazia algum tempo. Sempre que percebo alguém lendo perto de mim em espaços públicos, coisa cada vez mais rara, gosto de espionar qual é o livro, como se isso pudesse estabelecer um tipo de pacto entre nós. Mas mal pude crer quando vi que a leitura era "A galinha degolada", e não apenas o livro, mas o próprio conto. A cena até certo ponto similar à história de Quiroga — mas invertendo o aspecto trágico — se passava empiricamente, à minha frente e, literariamente, ao meu lado.

Fiquei sem saber o que sentir, pensar, como interpretar, assim que recuperei parte dos sentidos. Aquilo estava mesmo acontecendo? Será que eu estava dentro de uma história de Borges, dentro de um espelho, existiria mesmo o eterno retorno nietzschiano, será que eu estava afetada pelas muitas histórias que vinha lendo, como uma Bovary desqualificada? Ou seria tudo um sonho, do qual eu iria logo despertar, ou então não, meus sonhos noturnos é que eram reais e todo o resto é falso e a vida não passa de uma narrativa mal escrita? Aquilo tudo poderia ser um aviso, um sinal enviado por deuses ociosos, uma brincadeira inconsequente do destino em que não acredito. Mas sinal de quê e por quê?

Não. Era tudo não mais do que uma coincidência muito implausível, mas, ainda assim, uma coincidência.

Porém, mal chegando a essa conclusão pragmática e frustrante, fui levada a refletir sobre o significado das coincidências e passei o resto da viagem, movida por aquelas duas cenas, pensando sobre isso.

Seria uma tentativa pueril de explicar o inexplicável ou uma forma madura e lúcida de compreender os significados dos eventos, de sua multiplicidade?

Um pai, três filhos, o saguão de um aeroporto, eu a

olhá-los, um homem lendo "A galinha degolada", alguns dias depois de eu ter lido o conto de Horacio Quiroga.

Não sei aproveitar essa agulha que o tempo ofereceu e nela enfiar algum fio, costurar alguma história. Na verdade, não quero.

Vou deixar essa coincidência para a enciclopédia inexistente dos mistérios esquisitos, que, como o nome diz, não existe. Mas é lá que ele vai ficar.

Dentre as coisas que eu não sei o que são: vento encanado, rodas de liga leve, neoformalismo multiforme, ponto de bala na calda de açúcar e debrum.

Nota

O texto "Com gás ou sem" contou com a colaboração de várias mulheres, que, via rede social, responderam à pergunta: como mulher, que pergunta você teria a fazer ao mundo?

O diálogo do conto "Diálogo" é baseado numa passagem do conto "Lilith", de Primo Levi, em que ele narra um episódio verídico de sua estada em Auschwitz, quando, para escapar de uma chuva, buscou refúgio dentro de um cano de ferro e lá encontrou um colega (o Carpinteiro). O aniversário de ambos era naquele mesmo dia e eles completavam vinte e cinco anos. Para celebrar a coincidência, o Carpinteiro ofereceu a Primo Levi metade de uma maçã que ele carregava no bolso. Foi a única fruta que Levi experimentou no campo de concentração.

ESTA OBRA FOI COMPOSTA POR OSMANE GARCIA FILHO EM MERIDIEN E
IMPRESSA PELA GRÁFICA BARTIRA EM OFSETE SOBRE PAPEL PÓLEN BOLD
DA SUZANO PAPEL E CELULOSE PARA A EDITORA SCHWARCZ
EM JULHO DE 2017

A marca FSC® é a garantia de que a madeira utilizada na fabricação do papel deste livro provém de florestas que foram gerenciadas de maneira ambientalmente correta, socialmente justa e economicamente viável, além de outras fontes de origem controlada.